KB050572

마졸귀환록 7

초판 1쇄 인쇄일 2015년 1월 27일 ┃ **초판 1쇄 발행일** 2014년 1월 30일

지은이 주작 ┃ **펴낸이** 곽중열 ┃ **담당편집 팀장** 이범수
편집부 신연제 이윤아 김호성 김은경

펴낸곳 (주)조은세상 ┃ 출판등록 제 2002-23호
주소 경기도 연천군 미산면 청정로 1355
TEL 편집부 02)587-2966 ┃ FAX 02)587-2922
e-mail bukdu@comics21c.co.kr

ⓒ주작 2014
ISBN 979-11-5512-938-8 ┃ ISBN 979-11-5512-578-6(set) ┃ 값 8,000원

마졸 귀환록

7

주작 판타지 장편소설

NEO FANTASY STORY

북두
(도)조은세상

CONTENTS

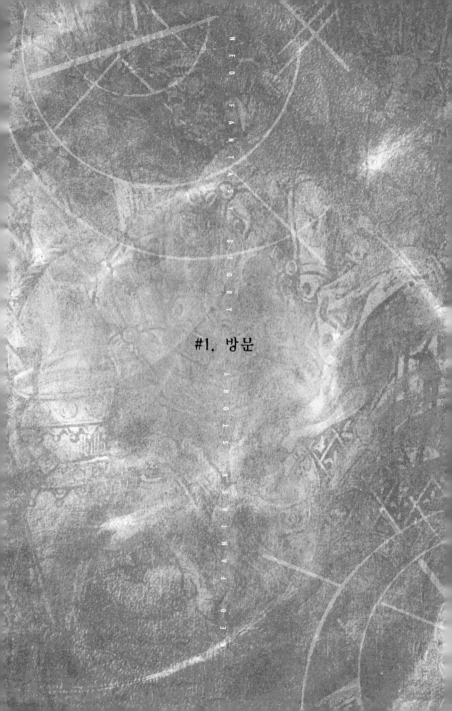

NEO FANTASY STORY

#1. 방문

#1. 방문

왕의 권좌!

평생 그 한 자리만 바라보며 자랐다. 삶의 방침이 그곳
에 맞춰져 있었고, 왕좌에 앉기 위한 배움만을 받아왔다.

하지만 우습게도 하늘은 그에게 왕위를 허락하지 않았
다. 정통된 단 한명의 계승자였건만, 황당하게도 그 자리
는 전혀 의외의 존재에게 내려진 것이다.

아미르!

그의 단 하나뿐인 여동생이자, 동대륙 제일의 미인으로
불리는 소녀였다.

더욱 웃긴 건, 그녀에게 물려진 자리가 왕의 권좌가 아
니라는 것이다.

황제!

놀랍게도 '대' 제국이라 불리는 국가의 정점에 올라버렸다. 황당하기도 하고 허탈하기도 하여 한동안 넋을 놓아버릴 정도였다.

하지만 이내 훌훌 털어내며 동생을 응원했다.

아끼고 사랑하는 여동생이라서? 왕의 권좌에 부족하지 않은 위치에 오른 까닭에? 다양한 이유가 있었을 것이나, 사실 가장 중요한 건 '그'가 두려웠기 때문이다.

브라만 대공!

일개 약소 왕국인 칼레이드를 대 제국으로 끌어올린 장본인이었다.

아군에게는 전쟁영웅으로, 적국에는 마왕이자 사신 혹은 전신으로 불리는 절대적인 초월자였다.

절대자!

그 말이 결코 아깝지 않은 존재인 것이다.

때문에 엎드렸고, 기었으며, 조아렸다.

허나,

그럼에도 불구하고 치솟는 '욕망'을 통제하기가 어려웠다.

평생을 왕이 되기 위하여 자랐다.

삶의 목적을 하루아침에 포기하라고?

'그럴 수는 없지!'

아첼르 판 마르셀론!

대 제국 칼레이드를 대표하는 세 명의 공작 중 한명이자, 황실파의 실권자 중 한명인 그에게 '왕좌'는 결코 포기할 수 없는 '전부'인 것이다.

그게 비록 황좌로 바뀌었다고는 하나, 그 권좌 앞에 '칼레이드'의 이름이 함께하는 이상, 그는 절대 눈을 돌리지 않을 터였다.

＊

제국의 수도 크라베스카의 지하에 어지러운 미로가 설치되어 있듯, 그 중심부인 황궁 브레이브에는 수많은 비밀의 방이 존재했는데, 가면사내는 그런 비밀의 방에서 '마지막 준비'를 위한 만남을가지고 있었다.

'아첼르 형님….'

상대는 한 때 그와 친 혈육처럼 가까이 지내던 제국의 공작이었는데, 그를 바라보는 눈빛 속에 언뜻 탐욕의 그림자가 일렁이고 있는 걸 봤다.

'많이 변하셨구나.'

이 역시 갑작스런 운명의 변화에서 발생한 시련이리라.

'나 역시 다를 게 없으니.'

쓰게 웃는 그에게 아첼르가 말을 건네 왔다.

"그래서 언제쯤 시작할 생각이냐?"

이에 가면사내가 잠시 생각을 하는가 싶더니, 이내 답을 내어줬다.

"…지금쯤이면 시작했을 겁니다."

"벌써?"

"예. 하지만 실질적으로 그들과의 마찰이 알려지는 건 반년 정도는 지나야 할 것입니다."

"반년이나?"

"저들 변이종족들이 자신들의 땅에서 나와 이동하는 시간을 생각한다면, 그 정도는 걸릴 거라고 생각합니다."

"이동?"

"예. 어쨌든 저들은 몬스터라고 불리는 이들입니다. 아무래도 사람들과 어깨를 나란히 하기에는 무리가 있을 수밖에 없습니다. 그러니 최대한 마찰을 줄이는 게 좋을 거라고 생각해서 그리 했습니다."

상황이 이렇다 보니 대륙을 크게 돌아서 움직여야 할 터였다.

"그들의 인원을 생각한다면, 결국 들킬 것 같은데?"

"그 시간을 반년 정도로 잡고 있습니다. 사실, 빠르면 3개월 정도로 예상하는 부분입니다."

시간이 길면 길수록 많은 수가 제국을 타격하는 지점으로 이동하게 될 터였다.

이 부분에서 아첼르는 가면사내가 원하는 것을 알아챌 수 있었다.

"몬스터와 관련된 정보들은 최대한 퍼트려보겠네."

"감사합니다."

"그레이브는?"

망국의 사자라고 불리는 이들을 모아 만들어진 집단으로써, 변이종족과 달리 가면사내가 실질적인 힘을 발휘할 수 있는 세력이기도 했다.

"소수 정예로 완성을 시켜놨습니다."

"완성이라면… 어느 정도지?"

"적어도 제국 3대 기사단 급입니다."

아첼르의 눈에 불이 들어왔다.

'전원 익스퍼트급이라….'

혹시나 하는 마음에 질문을 더했다.

"마스터는?"

가면사내는 대답 대신 눈웃음을 보여주었고, 그걸로 충분히 답이 되었다.

"거기에 더해 페르산과 알톤, 메르베스 왕국도 지원을 약속했습니다."

하나같이 제국과 국경을 맞닿고 있는 국가들이었다. 아첼르의 입 꼬리가 살짝 올라갔다.

'제국의 두려움을 모르는 이들인가.'

칼레이드의 행진에 걸렸던 국가들은 하나같이 먹히거나 산산이 박살나는 두 가지로 분류되었는데, 제국이 행보를 멈추면서, 두 부류가 추가되었다.

쪼개지거나 무관하거나.

첫 번째의 경우는 제국이 행군을 멈추며, 겨우 그 명맥만 유지한 왕국들이었다. 그들의 쪼개진 부분은 당연하게도 제국에 소속되었다.

그리고 나머지 한 부류의 경우는 말 그대로였다. 제국 전쟁에 피해를 입지 않은 것이다.

물론, 전혀 피해를 입지 않았다고 하기는 어려울 터였다. 하지만 당시의 상황으로 보자면, 가벼운 마찰 정도라고 볼 수 있었다.

"당했던 놈들은 가만히 있고, 구경만 하던 놈들이 움직인다라. 재미있군!"

아첼르의 이야기에 가면사내가 쓰게 웃었다.

"대공이 보여줬던 공포가 여전히 남아있다는 것이겠지요."

"브라만… 으득!"

그에게서 왕좌를 빼앗아 여동생에게 건네준 존재. 그 이름을 떠올리는 것만으로도 이가 갈렸다.

"아마… 전쟁이 시작되면 숨죽이던 왕국들도 참여하게 될 것입니다."

"호오! 공포를 이겨냈나?"

"시간이 제법 흘렀으니까요. 이겨냈다기 보다는 잊어버렸다고 해야되겠지요."

"망각…인가."

"예. 대공에게 당한 왕국들 대부분이 젊은 귀족들로 새롭게 구성되었을 테니까요. 그 혈기가 슬슬 폭발할 때가 되었을 겁니다. 이 부분을 조금 건드려보니, 한 발씩 다리를 걸치더군요."

"전쟁이 시작되면 차후에 끼어들 모양이겠군."

"예. 그나마도… 대공이 돌아온다면 무산될 가능성이 큽니다."

"으득!"

차후에 제국의 황위를 물려받을 걸 생각한다면, 지금 이처럼 판을 크게 벌리는 건 그리 좋지 않은 선택이었다.

하지만 그럼에도 불구하고 아첼르는 판을 키우고자 했다.

브라만 대공!

그의 존재 때문이었다.

동대륙 끄트머리의 약소 왕국이던 칼레이드를 제국으로 만든 사내였다. 이를 생각한다면 결코 방심해서는 안 됐다.

특히, 그에 대한 정보가 여전히 잡히질 않는 만큼, 판을 키워 진흙탕 싸움을 만드는 게 가장 성공확률이 높은 선택지라고 여겼다.

'게다가 상대해야 할 사람은 그 외에도 있으니.'

귀족파를 대표하는 2대 공작.

파스카인 공작과 리베란 공작.

그들 두 공작파의 세력 역시도 이번 전쟁으로 함께 처단하는 게 그의 목표였다.

특히, 파스카인 공작의 경우는 필히 제거해야했다. 새롭게 가문의 주인이 바뀐 리베란 가문과 달리, 여전히 제국 전쟁의 주역이 가문의 주인으로 있는 파스카인 공작의 세력은 전에 없이 단단한 결집력을 보여주고 있었다.

"많은 피가 흐를 것입니다."

문득, 가면사내가 그 말을 건네며 시선을 던져오는 게 보였다. 아첼르는 이를 피하지 않았다.

"그래. 많은 피가 흐르겠지."

"괜찮으시겠습니까?"

"훗… 우습군. 이 계획을 시작하기 전에 내가 너에게 물었던 질문을 이제는 네가 나에게 묻는 것이냐?"

가면사내는 대답대신 가만히 그를 응시하고만 있을 뿐이었다.

"네가 당시에 어떤 대답을 했는지 기억하느냐?"

〈후회하지 않습니다.〉

황제에 대한 사랑과 대공을 향한 복수심이 뒤엉켰던 그 뜨거운 외침은 결코 잊을 수 없었다.

'그 선했던 녀석이….'

악귀처럼 붉어진 얼굴로 절규하듯 내뱉던 그 한마디는 실로 가슴에 절절히 닿았다.

"나 역시 같은 대답을 하겠다."

후회는 없다!

"황좌에 오르는 길이다. 붉은 카펫을 길게 깔 것이다!"

후회는 없었다.

◈

장미의 기사!

테룬 아카데미 기사학부의 젊은 기사가 순결의 맹세를 했다는 이야기가 스테일 남작령 전체로 빠르게 퍼져나갔다.

굳이 비밀로 하지 않은 덕분이기도 하나, 반쯤은 스테일 남작이 의도한 상황이기도 했다.

일부러 하녀들의 입을 통제하지 않았고, 이를 이용해 소문을 널리 퍼트린 것이다.

이유는 간단했다.

쿠너 플란!

그와의 관계를 세상에 알리기 위함이었다. 이미 제튼의 제자라는 위치 때문인지, 쿠너를 주시하는 세력들이 제법 있었다.

스테일 남작은 그들에게 알리는 것이다.

〈저놈이 내 사위다!〉

이곳 루마니언 지방에서는 제법 발언권이 있는 스테일 남작가의 식구가 되는 것이다. 아마 모르긴 몰라도 더 이상 쿠너에게 손을 뻗치는 세력은 없을 터였다.

분명히 그래야만 했다.

"그래서 쿠너 오빠는 언제부터 검을 잡은 거예요?"

"그… 그, 그게… 8살 때였을 겁니다."

"에~이. 딱딱하게 그러지 말라니까요. 편하게 대해주세요."

헌데, 지금 여기, 스테일 남작이 바라던 그림을 크게 어그러트리는 여인이 있었다.

마이얀 베르마인!

안타깝게도 스테일 남작의 권위로 어찌할 수 없는 후작가의 영애였는데, 재미있는 건 쿠너의 곁에 그녀 외에도 한명의 여인이 더 붙어있다는 것이다.

트라셀 메르테인!

철의 여인이라고도 불리는 제국의 떠오르는 신성이었다, 마이얀과 달리 친근하게 달라붙지는 않았으나, 그녀도 나름대로 꾸준히 쿠너의 뒤를 따르며 자신의 존재를 나타내고 있었다.

'미치겠네!'

덕분에 어지러운 건 쿠너였다. 무려 순결의 맹세를 한 상태건만, 이 무슨 황당한 상황이란 말인가.

이 두 여인 덕분에 그의 맹세가 헛소문이라는 이야기마저 돌고 있을 정도였다.

"오빠는 취미 같은 건 없어요?"

"그러니까… 그게… 박투술 같은 게…."

"취미도 남자답네요. 호홋!"

끊임없이 질문을 던지는 마이얀은 쿠너의 당황하는 모습에 자꾸만 웃음이 나올 것 같았다.

'익스퍼트 상급을 넘는 실력자가, 이런 순진한 모습이라니.'

호기심 정도의 마음이 점차 커지더니, 이제는 관심수준까지 이르러버렸다.

특히, 그녀의 제안을 받자마자 순결의 맹세를 하던 부분에서는 자존심도 제법 상했었다. 그리고 그 때문에 더욱 쿠너를 향한 호기심이 짙어졌는데, 여기에는 괘씸하다고 여기는 마음도 적잖게 존재했다.

하지만 이내 그와 함께 지내다 보니, 점차 그의 인간적인 매력에 빠져들고 말았다.

'생긴 것도 나쁘지 않고.'

확실히 매력적인 남자라는 생각이 들었다.

"오늘 수업 참관해도 되요?"

"으… 으윽! 그건…."

"푸후훗!"

연신 쿠너를 괴롭히며 즐거워하는 마이얀의 모습에, 트라셀이 쓰게 웃으며 쿠너를 바라봤다.

'선생님의 제자.'

그 이유 때문에 그를 지켜보게 됐다. 특히, 상상이상으로 뛰어난 그의 실력은 여러모로 신경이 쓰였다.

라이벌의식이라고 해야 할까?

그녀에게도 이런 감정이 있다는 걸 처음 알았다. 하지만 어쩔 수가 없었다.

'내가 먼저 배웠는데.'

뒤늦게 제자가 된 그의 실력이 위에 있었다. 조금은 유치할지도 모를 이 감정에 그녀 스스로도 당황스러울 정도였으나, 차라리 좋은 본보기로 여기기로 했다.

'병을 제압하려면!'

제대로 연공법을 익혀야만 한다. 그러자면 아무래도 그럴싸한 목표가 있는 게 좋았다.

'쿠너 플랜!'

그를 타겟으로 의지를 불태우는 중이었다. 이러다보니 그를 뒤따르는 시간이 늘어날 수밖에 없었다.

관찰 역시 자연스런 흐름이었는데, 그 와중에 자꾸만 마이얀이 걸려드는 것 역시 어쩔 수 없는 상황이었다.

허나, 마이얀의 태도 때문일까?

대놓고 호기심과 관심을 표현하는 그녀로 인해, 이제는 트라셀도 쿠너를 바라보는 관점이 조금씩 바뀌려고 하고 있었다.

여러모로 쿠너에게는 난감한 상황이었다.

'미… 미치겠네!'

뒷목이 뻐근해져 오는 느낌마저 들 정도랄까?

후작가와 백작가.

집안 생각을 하지면 쿠너로써는 쉬이 몸을 빼기가 힘들 수밖에 없었는데, 정말로 미칠 것 같은 건 이 다음에 있었다.

'으음… 레이나 선생님!'

저 한편으로 맹세의 여인이 보였다. 같은 기사학부의 기사다보니 오다가다 마주치는 일이 너무 잦았다.

"……."

언뜻 느껴지는 그녀의 눈초리가 더없이 싸늘했다. 마주할 때마다 늘어가는 그 차가운 한기는 진정 무서울 정도였다.

'진짜, 미치겠네!'

장미의 기사로써 순결의 맹세를 했건만, 그럼에도 불구하고 이 골 때리는 상황을 어찌 설명해야 할까.

하루가 다르게 핏기를 잃어가는 쿠너의 안색은 실로 안타까울 정도였다.

"좋을 때다."

지나가며 던지는 제튼의 한 마디는 아픈 속을 긁어대는 격이라, 그야말로 속마저 곪아버릴 지경이었다.

'미쳐버리겠네!'

어딘가에 하소연이라도 하고 싶은 심정이었다.

부글부글…

속이 끓고 있는 것 같았다.

'내가 왜!'

이런 기분을 느껴야만 하는 것일까?

레이나는 쿠너와 그를 둘러싼 여인들의 모습으로 인해, 자신이 이런 불쾌함을 느끼게 될 줄은 몰랐다.

'나는… 그 분을….'

한 사내를 떠올리며 이를 악물었다. 하지만 이내 한숨을 내쉬며 가슴을 정리했다.

'쿠너 플란.'

사실은 그의 마음을 알고 있었다. 그리 오래 된 건 아니었으나, 분명 그가 자신에게 보내는 애정 어린 시선을 느끼고 있었다.

이런 부분에 둔감하다고 느끼는 탓에, 어쩌면 자신이 깨달은 게 착각일 수도 있다고 여겼다. 하지만 이번 순결의 맹세를 통해 진실이라는 걸 알게 되었다.

때문에 '조금' 쯤은 그가 신경이 쓰였을지도 모른다.

'하지만 이 기분은….'

정말 '조금' 일까?

'모르겠어.'

고개를 흔드는 그녀의 얼굴에 작은 그늘이 내려앉았다.

◈

잠시 수도에 다녀온 사이, 이 무슨 재미있는 전개란 말
인가. 제튼은 제자에게 벌어진 상황에 그도 모르게 귀를
기울이고 있었다.

'순결의 맹세라니.'

이미 그들 남녀의 감정 정도는 알고 있었다. 기본적으로
이런 부분에서 아주 둔감한 건 아닌데다가, 제튼의 감각은
주기적으로 그를 쫓아오는 레이나의 시선을 눈치 채고 있
었기 때문이다.

그 사이에 쿠너의 시선이 끼어들던 것 역시 선명했다.
이렇다 보니 그들 남녀의 감정 동선을 모를 수가 없었다.

잘 되기를 바라는 마음이었다.

'쿠너라면 충분히 레이나양을 행복하게 해 줄 수 있겠지.'

그녀의 마음을 알고 있다. 하지만 그에게는 셀린이 있기
때문에 받아들일 수 없는 마음이었다.

이런 부분을 레이나도 알기에, 언제나 한 걸음 물러선 위치를 유지했다. 쿠너 역시도 이런 그녀의 마음을 살피고 자 한 걸음 물러난 위치를 고수한 상태였다.

이 복잡 미묘한 위치관계가 이번 사태로 확 하니 변해버 렸다.

"뭐… 잘 되겠지."

레이나 스테일.

정식 제자로 받아들인 건 아니었으나, 그래도 반쯤은 가 르치다시피 한 여인이었다. 오랜 시간을 그리 지내온 만큼 이제는 절반 정도는 제자로 여기고 있었다.

내심 잘 되기를 바라는 마음이 가득이었다.

"그나저나…."

제튼의 시선이 한쪽으로 돌아갔다. 저 멀리 아카데미 정 문 쪽으로 70대 초반쯤 되어 보이는 선한 인상의 노인이 보였다.

'드래곤!'

한 눈에 그의 정체를 알아챘다. 더욱 흥미로운 건 그저 마주하는 것만으로도 손바닥이 축축해 진다는 점이었다.

'벨로아 영감님보다 위!'

애써 침착함을 유지하며 노인에게 다가가 물었다.

"로드이십니까?"

그 순간 노인의 두 눈에 이채가 발했다. 그러더니 부드러운 미소를 입가에 그리며 고개를 끄덕인다.

'역시!'

아무래도 벨로아와 연관이 있을 거란 생각이 들었다.

"벨로아 그 녀석 말처럼 감이 좋구나."

"그 분은….'

"푸허헛! 덕분에 밖으로 나올 수 있었지. 휴가란 좋은 거야!"

왠지, 벨로아가 로드의 마수에 걸렸다는 느낌이었다.

"오다보니 제법 향이 좋은 음식점이 있는 것 같던데, 그곳에서 식사나 하면서 이야기하지."

저녁을 먹기에는 아직 이른 시간이었으나, 굳이 거절하지는 않았다.

"쏘시는 겁니까?"

"허헛! 그럼세."

비상금 사건 이후로 용돈이 확 줄어버린 만큼, 공짜 밥을 싫어할 이유는 없었다.

'게다가….'

드래곤 로드의 식욕을 자극한 식당이라는 게 어딘지 궁금하기도 했다.

내심, '설마' 하는 마음이 있기는 했다. 헌데, 그 '설마'가 맞아버렸다.

'하르만.'

아카데미 거리에 위치한 제튼의 단골집이었다.

'그렇지. 이만한 맛 집이 없지.'

이곳 스테일 남작령 뿐만 아니라 타 영지에도 제법 이름
이 날 정도로 그 맛이 대단한 곳이 아니던가.

"들어가지."

"…예."

자리는 2층의 창가로 잡았다. 식사시간대가 아닌 탓에 1
층도 제법 비어있었으나, 종업원이 제튼의 전용자리를 찾
아 준 것이다. 10년 가까운 시간을 단골로 지내다보니, 자
연스레 생긴 특혜였다.

"먼저 내 소개를 하도록 하지."

주문한 음식을 기다리는 사이, 본격적인 이야기가 시작
되려 하고 있었다.

"라바운트 아자게르첸. 이게 내 이름이라네. 뭐, 나이는
적당히 생각하게나. 허헛! 직장은 조금 과하게 큰 골방인
데, 곧 후임에게 물려주고 백수가 될 예정이라네. 어허허
헛!"

간단한 소개와 함께 너털웃음을 터트리는데, 생각보다
가벼운 느낌이 물씬 풍겨서 의외라고 여겨졌다.

'과묵하고 무게감 있는 이미지를 생각했었는데.'

상상과는 전혀 다르다고 해야 할까.

"벨로아 그 녀석에게 듣자하니, 흥미로운 만남이 있던 모양이더군."

드래고니안 바탐을 말하는 것이었다. 이후 알콘과도 전투가 있었으나, 이 부분은 아직 전해지지 않은 상태였다.

"그들의 정체에 대해서…."

"드래고니안이라고 하더군요."

"…알고 있었나?"

약간은 놀란 듯, 라바운트의 동공에 작은 흔들림이 비쳤다.

"한 차례 더, 만난 적이 있습니다."

"…또 다른 아이와 만난 모양이군."

"예."

"그 아이는 어찌 되었나?"

"죄송합니다."

어찌되었건 드래고니안은 드래곤의 피를 이은 종족이었다. 그리고 눈앞의 존재는 바로 그 드래곤의 로드였다. 이 정도 예의는 보여줘야 한다고 여겼다.

"허헛!"

제튼의 모습에 잠시 웃음을 흘리며 그를 바라보던 라바운트가 턱수염을 쓰다듬으며 물었다.

"자네는 드래고니안에 대해서 어디까지 알고 있나?"

"잘은… 모릅니다."

알콘에게 들었던 작은 지식이 전부였다.

"그렇군. 그렇다면 거기서부터 이야기를 시작하겠네."

"이야기라니요?"

"벨로아가 자네에게 하지 못했던 비밀을 털어놓으려는 걸세."

이에 제튼이 깜짝 놀라서 그를 바라봤다.

"괜찮으시겠습니까?"

"홋! 내가 일족의 로드일세."

그러면서 엄지를 세운다. 확실히 상상했던 이미지와 너무 달랐다. 제튼이 재차 얼떨떨한 표정으로 바라보고 있는 사이, 라바운트의 이야기가 시작되었다.

"우리 일족은 유희라는 것을 통해서 세상을 '관조'한다네."

인간뿐만이 아니라, 엘프, 드워프, 수인족 등, 다양한 종족들로 변신하여 그들 사회에 들어간 뒤, 그들의 변화를 체크하는 것이다.

"유희라고는 부르지만, 한 번의 인생을 사는 것이나 다름없지."

자연스레 성장하고 만남을 가진 뒤, 사랑하고 결혼하는 등, 하나의 온전한 삶을 지내게 된다.

"허나, 결국 '유희'라는 건 어쩔 수 없는 사실이지."

또 다른 삶이지만, 결국 거짓된 인생이었다.

"사랑하고 아이를 낳고 기르는 것, 이 모든 게 일종의 '연기' 같은 거라고 해야 하겠지."

하지만 아주 가끔 그 '거짓'에 '진심'이 섞여들어 갈 때가 있었다. 일족이 아닌 존재에게서 '애정'을 느끼고 '사랑'을 하게 되는 것이다.

그 애정의 깊이에 따라 태어나게 되는 아이를 향한 감정도 깊어진다.

"아무래도 내 아이가, 내 자식이 잘났으면 하는 마음이 드는 건 어쩔 수가 없는 것 아니겠나."

이런 마음이 '용혈'을 움직이는 것이다.

"그 아이들 모두 진실 된 애정으로 탄생했다네."

때문에 드래고니안은 극히 소수밖에 존재하지 않았다.

"일족 외에 진심으로 애정을 느끼는 상대를 만난다는 건, 상당히 희박한 확률이지."

어찌 보면 전설이라 불리는 드래곤보다 더 보기 드문 존재가 바로 드래고니안이었다.

"분명… 그 아이들은 애정으로 탄생했다네."

순간 라바운트의 얼굴위로 한 줄기 그늘이 내려앉았다.

"하지만 거기에 변화가 발생했지."

'변화?'

"일족의 사생아… 현재 우리가 드래고니안을 칭하는 단어라네."

'사생아?'

애정으로 낳았다는 아이들에게 붙이기에는 상당히 거슬리는 명칭이었다. 하지만 그럼에도 불구하고 이리 부르고 있었다.

"과거와 다르게, 현 시대를 사는 대다수의 드래고니안은 애정이 아닌 '필요'에 의해서 탄생한 아이들이라네."

'…필요?'

여기서부터 진짜 본론이라고 할 수 있었다. 때문일까? 라바운트 역시 한 차례 호흡을 고르는 모습을 보여줬다.

"마룡이라 불리는 이들이 '만든' 거짓된 애정의 결실이지."

강제적으로 용혈을 불어넣어 탄생시킨 것이다.

"어째서… 입니까?"

제튼의 조심스런 물음에 라바운트가 쓰게 웃으며 대답했다.

"그건, 비밀로 하고 싶구만."

'인간을 적대했기 때문이라는 걸, 어찌 말할 수 있겠나.'

불필요한 내용은 굳이 언급하고 싶지 않았다.

"알겠습니다."

궁금증이 일기는 했으나 무리해서 묻고 싶지는 않았기에, 제튼은 순순히 고개를 끄덕여줬다.

"고맙군."

라바운트가 가볍게 예를 표하는 모습에, 제튼은 그 내용이 심상치 않다는 걸 새삼 깨달았다.

'괜히 파고들었다 귀찮은 건 질색이니까.'

한 차례 숨을 고른 뒤, 다시금 이야기가 시작됐다.

"자네가 만났다는 아이의 머리색과 눈동자가 검었다고 들었네. 내가 아는 한 그런 색을 지닌 아이들은 마룡에 의해 탄생한 아이들 뿐이라네."

거기까지 이야기를 듣던 제튼이 혹시나 하는 마음에 하나의 이름을 입에 올렸다.

"데카르단이라는 이름을 아십니까?"

일순간 라바운트의 두 눈이 크게 확장되는 게 보였다.

"그를… 그를 만났단 말인가?"

"진체는 아니었습니다."

"으음…!"

"그가, 말씀하신 마룡입니까?"

고민을 하는 듯, 라바운트의 대답이 늦어지고 있었으나, 제튼은 굳이 재촉하지 않으며 조용히 기다렸다. 그러는 사이 주문되었던 음식이 나오고 하나 둘, 식탁에 차려지기 시작했다.

모락모락 김이 올라오고 향이 피어나는 와중에, 드디어 라바운트의 입이 열렸다.

"드시게."

질문에 대한 답변은 아니었다. 아무래도 아직 고민을 하고 있는 듯 보였다.

"잘 먹겠습니다."

우선은 기다릴 생각으로 식사에 전념하기로 했다.

라바운트의 대답이 나온 건, 식사가 끝난 뒤 첫 번째 차를 다 마시고 난 뒤였다.

"자네 생각처럼, 데카르단 그 친구가 마룡이 맞네."

그 순간 제튼의 눈에 이채가 띄었다.

'친구?'

벨로아에게 '그 녀석'이라는 표현을 하던 게 생각난 까닭이었다. 게다가 벨로아에게 듣기로, 그보다 나이가 많은 고룡은 둘 뿐이라고 들은 게 기억났다.

하지만 이를 입에 올리지는 않은 채, 이야기에 귀를 기울였다.

"좀 더 정확히는 마룡이라고 부르는 죄수들의 통솔자라고 해야겠지."

'죄수?'

그 단어를 듣는 순간, 제튼은 앞서의 긴 침묵이 이해가 됐다.

위대한 존재라 불리는 드래곤의 죄악과 관련된 내용이

기에, 일종의 치부이기에, 라바운트도 선뜻 대답하지 못했던 것이다.

그럼에도 불구하고 이를 알려준다?

'왠지, 찜찜한데.'

이 와중에도 라바운트의 이야기는 이어지고 있었다.

"마룡은 사실 두 부류가 존재한다네."

마계의 드래곤과 이곳 중간계의 드래곤.

"마계의 드래곤은 그 자체로 마룡이라고 부르지. 하지만 이곳 중간계에서 마룡으로 불리는 드래곤은 일족의 규율을 어기고 죄를 지은 자들을 의미하네."

여기서 제튼이 이야기의 진행을 막았다.

'찜찜한 건 싫으니까.'

제튼이 물었다.

"제게 말씀해도 괜찮겠습니까?"

무려 드래곤의 죄악과 관련된 일이 아니던가.

"괜찮네."

라바운트가 이를 드러내며 웃었다.

"내가 일족의 로드라네."

앞서 한 번 나왔던 답변. 맞는 말이지만 납득이 가는 대답은 아니었다.

"저에게 너무 큰 비밀을 밝히시는 게 아닌지요."

여전한 얼굴로 라바운트가 답했다.

"자네는 괜찮네."

'어째서?'

결국 찝찝한 감정이 얼굴 위로 드러났다.

"자네는 괜찮아."

허나, 라바운트의 대답에 변화는 없었다.

마치 눈치 싸움이라도 하는 듯, 잠시간의 대치가 이어지면서, 그들의 식탁에는 다시금 침묵이 내려앉아 있었다.

"후우… 계속 말씀 하시죠."

먼저 손을 든 건 제튼이었다. 확실한 답을 듣고 이야기를 진행시키고 싶었으나, 라바운트의 모습에서 만족스런 대답을 듣기가 어렵다고 여긴 까닭이었다.

'하던 이야기나 마무리 지어야지.'

어차피 당장 그를 귀찮게 하는 건, 저들 마룡과 관계된 무리가 아니던가. 그들에 관한 정보는 필히 들어둘 필요가 있었다.

"데카르단 그 친구는 나와 백년 차이밖에 안 나는 고룡이지. 실질적으로 일족 내에서는 나 다음의 나이가 많은 고룡일거야."

하지만 죄를 짓고 마룡으로 불리는 순간, 그들은 일족의 서열에서 제외된다.

"무슨 죄를 지었습니까?"

혹시 싶어서 물었다. 죄악을 밝힌 것도 모자라, 설마 그 죄목까지 내어줄까?

헌데, 라바운트의 표정이 심상찮았다. 고민하고 있는 것이다.

'맙소사!'

이로 인해서 찝찝함이 커졌다.

"일족의 무덤을 훼손했다네."

결국 라바운트가 답을 내어줬다.

순간 한 가지 가설이 머릿속에 그려졌다. 하지만 이제 막 구상된 그림이었다. 라바운트의 이야기를 들으며 시간을 투자하면, 밑그림 정도는 마칠 수 있을 것 같았다.

"큰 죄입니까?"

하지만 그렇다고 해서 라바운트의 이야기에 귀를 닫는 건 아니었다.

"큰 죄? 크지. 일족의 무덤에는 '심장'이 있으니까."

순간 바쁘게 돌아가던 머리가 멈췄다.

"설마…."

"자네가 생각하는 그거 맞네."

'드래곤 하트!'

아찔해졌다. 정말 커도 너무 큰 비밀을 선뜻 내어놓고 있었다.

"드래고니안을 탄생시키는데 쓰였다고 하더군."

용혈이라고 해서 그냥 드래곤의 피를 이야기하는 게 아니다. 드래곤 하트에서 그 마나를 깊게 품고 나온 피야말로 진정한 용혈이라 불린다.

그걸 강제로 생성하고자 무덤을 훼손하고, 심장을 꺼낸 것이다.

"일족의 무덤은 로드가 직접 관리하는 곳이지."

그 안에 담긴 드래곤의 사체는 족히 수십구가 넘는다. 드래곤 하트의 마나가 자연으로 돌아갈 때, 주변에 미치는 영향을 고려하여 일부러 따로 관리를 하는 것이다. 신의 힘까지 빌어가며 마련된 특별한 '공간'이었다.

"마에 물들지 않고서야, 그런 행위는 할 수가 없지."

그래서 벌을 주었고, '마룡'이라는 불명예를 안겼다. 여기서 이야기는 새로운 방향으로 향한다.

"천마… 라고 했지?"

이미 벨로아에게 모든 이야기를 들은 상태였다. 특히, 천마에 관한 내용은 8년 전에 전달이 끝난 부분이었다.

"자네의 동거인 때문일세."

"그… 동거라는 표현은 조금 그렇군요."

"허헛! 미안하네. 어쨌든 그 천마라는 다른 세상의 존재 때문에, 마룡이 자네에게 관심을 가지는 걸세."

드래고니안을 바깥세상에 내보낸 이유도 여기에 있었다.

"마룡들에게 내려진 형벌은 '틈새'를 지키는 것이거든."

"그게 뭡니까?"

"차원의 통로라고 하면 이해하기 편할 걸세."

"……!"

순간 제튼의 표정이 굳어졌다. 천마가 언급된 이유도 짐작이 갔다.

"자네도 알다시피, 벨로아 그 녀석도 천마라는 자의 등장을 눈치 챘었네. 하물며 틈새를 지키는 마룡들이 이를 몰랐을 것 같나. 당연히 알고 있었을 거야."

"로드께서는….."

"나 역시 알고 있었지."

벨로아보다 더욱 선명하게 느꼈으리라.

'뭐… 결국 벨로아 그 녀석과 크게 다를 건 없지만. 허헛!'

"헌데, 차원의 통로, 그 틈새라는 게 일정구역이 있는 겁니까?"

제튼의 물음에 라바운트가 고개를 끄덕였다.

"막을 수는 없습니까?"

"그건 불가능하네. 아니. 막아서는 안 되지."

"안 된다고요?"

"허헛! 그걸 막으면 대륙에 차원의 통로가 생길 수 있기 때문이지."

"잘… 이해가 안 되는군요. 어찌, 그렇게 되는 것입니까?"

"뭐, 간단하네. 원래 대륙에 열리는 포탈을 강제적으로 한 장소로 몰아넣었다고 생각하면 되니까."

이 역시 거대한 '법칙의 비틀림'으로써, 이는 드래곤 뿐만 아니라, 신이 직접 관여한 일이기에 '새로운 법칙'으로 인정받는 부분이기도 했다.

"으음…."

결국, 제튼의 입술을 비집고 신음성이 새나왔다. 이야기의 규모가 커지는 만큼, 내심의 찝찝함 역시 심해지고 있기 때문이었다.

"지금의 역사서에는 제대로 이어지지 않는 부분인데, 아주 오래전에 신들의 대 전쟁이 있었다네."

일부나마 알고 있는 내용이었다.

"잊혀진 신들…입니까?"

잠시 두 눈에 이채를 띤 라바운트가 고개를 끄덕이며 이야기를 이었다.

"그 당시 입은 피해 때문에, 차원의 벽이 크게 손상된 상태라네. 그 때문에 강제적으로 통로를 만들고 그곳에 벽의 손실부분을 밀어 넣은 상태지."

좀 더 정확히는 차원의 벽을 갉아먹는 마이너스적 에너지를 한 데에 뭉쳐놓은 것이었다. 그리고 마룡은 수감생활을 하듯 그곳에 살며 관리를 하는 게 벌이었다.

이 부분에서 제튼은 새로운 궁금증이 생겨났다.

"그런데, 그 틈새라는 곳은 어떤 곳입니까?"

무려 드래곤이 벌을 받는 장소였다. 아무래도 호기심이
생길 수밖에 없었다.

"위험한 곳이지. 아주⋯."

그렇기에 드래곤들도 꺼려하는 장소였다.

"자네가 만난 아이들이 어째서 틈새에서 나왔냐고 한
줄 아는가?"

단번에 그들의 정체를 알아냈던 이유는 무엇일까?

일족의 로드라서? 그것만으로는 설명이 부족한 부분이
었다.

"틈새에 오랜 시간 머물다보면, 그 기질이 어둠에 물들
기 때문이라네. 마계에서 넘어오는 마기의 영향이지."

겉으로 도드라지는 부분은 바로 머리와 눈동자의 색이
었다.

"일족의 아이들과 피의 일부를 받은 아이들 중, 그 머리와
눈이 검은 아이들은 오로지 틈새에 머문 아이들뿐일 걸세."

'드래곤의 성질마저 바꿔버린다는 건가. 으음!'

실로 놀라운 이야기였다.

"물론, 틈새를 벗어난 뒤 오랜 수면기를 가진다면 다시
본모습을 찾는 게 가능하지."

'드래곤의 수면기라… 한두 해 정도로 끝날 게 아니겠네.'

적어도 수백 년의 시간은 필요로 할 터였다.

"데카르단이 직접 움직였네. 게다가 자네에게 이름도 밝혔지. 아마도…."

"저를 귀찮게 하겠다는 의미겠죠."

"…그렇겠지."

"흐음… 확실히 귀찮기는 하겠네요."

앞서 만났던 바탐이나 알콘만 해도, 그가 직접 나서야 하는 상대들이었다. 게다가 잠시 마주했던 데카르단은 진심을 다해서 마주해야 할 게 분명했다.

'벨로아 영감님 이상이겠지.'

눈앞에 있는 라바운트 정도는 생각하고 있어야 할 것 같았다. 여러모로 쉽지 않다는 생각이 들었다. 때문에 확실히 해야 할 부분이 있었다.

"그런데, 로드의 허락도 없이 틈새를 벗어날 수 있는 겁니까?"

"불가능하네."

그들은 일족의 로드인 라바운트의 말에 따라야 했다. 그것이 일족의 '절대적인 법'이기 때문이다.

"드래고니안도 통제는 안 되겠습니까?"

"사실, 통제를 하고 있기는 하네."

과거 마룡들의 뜻을 실행하던 드래고니안은 특히 더 통제를 하고 있었다.

"하지만… 그 죄와 관련이 없는 아이들은 어쩔 수가 없다네."

"죄와 관련이 없다고요?"

이미 과거에 죄를 지은 드래고니안은 대부분이 생을 다한 상태였다. 그럼에도 불구하고 틈새에는 많은 드래고니안이 살고 있었다.

데카르단에 의해 탄생한 드래고니안의 수는 족히 세 자릿수를 넘길 정도였다. 덕분에 틈새에 드래고니안의 '마을'이 만들어져 버린 것이다.

"작정을 하고 탄생시킨 아이들이라서, 그 피가 유난히 짙더군."

그래서일까? 다음 세대의 아이들 역시 드래고니안으로 탄생하며 진정 '마을'로써의 분위기를 갖추게 되었다.

"과하게 통제를 하기가 어렵더군."

지난 세대의 죄를 다음 세대에까지 물을 수 없는 탓이었다.

물론, 그들을 바깥에 풀어 줄 수도 없었다. 그 숫자가 너무 많기 때문이었다. 게다가 데카르단의 가르침으로 인간에 대한 적대감 역시 품고 있는 까닭에, 어느 정도는 전대의 죄악을 그들에게도 부여할 수밖에 없었다.

"외부에 나갈 수 있되, 그 생활을 장기적으로 이어가지 못하게 족쇄를 걸어놓은 상태라네."

아마도 바탐은 그 잠깐의 시간을 통해 제튼을 찾아낸 것일 터였다. 거기까지 생각하던 제튼의 눈가에 불이 번쩍였다.

'아니! 아니지. 잠깐이라고는 해도, 그 정도 실력이라면 충분히 세력을 만들 수도 있겠군.'

왠지 귀찮음이 늘어날 것 같았으나, 쉽게 생각하기로 했다.

'마주치게 되면, 그때 가서 생각하자.'

지금처럼 꼭꼭 숨어 산다면 문제없을 거라고 여겼다.

'게다가 마룡들이 외부로 나올 수 있는 것도 아니니까.'

저들의 수장이라는 데카르단이 직접 찾아오지 않는 이상, 크게 문제될 건 없다는 게 당장의 판단이었다.

'드래고니안 정도라면….'

오르카와 크라이온이 떠올랐다. 아직 알콘에게는 못 미쳤으나, 조금만 더 성장한다면 바탐정도는 충분히 감당할 수 있었다.

게다가 그 둘 외에도 밑에서 치고 올라오는 신성들도 있었다.

'드래고니안이 만든 세력 정도는, 뭐….'

제국의 저력으로 감당할 수 있을 터였다.

'막판에야 노느라고 정신이 없었지만, 그래도 그 놈이 세운 제국이니까.'

천마의 비죽대는 얼굴이 머릿속에 그려졌다.

'맘에 안 드는 면상이지만.'

분명한 건, 그 능력이 진짜라는 것이다. 그것은 제튼처럼 무력에만 국한된 이야기가 아니었다.

'그래도… 혹시 모르는 일이니.'

어느 정도는 대비를 하는 게 좋다는 생각이 들었고, 이를 위해서 떠올리는 인물들이 있었다.

'마졸들….'

천마의 첫 번째 졸개가 제튼이고, 그 두 번째는 크라이온이다. 물론 오르카는 졸개가 아니었다.

'오르카는 애인이지. 쯧!'

확실히 그녀는 특별 케이스였다.

"무슨 생각을 그리 하시나?"

문득 들려온 라바운트의 물음에 제튼이 쓰게 웃으며 대답했다.

"재미없는 생각 좀 했습니다."

"궁금하지만, 이야기 해 주진 않겠지?"

"예. 재미없는 내용이니까요."

천마만큼은 아니겠으나, 마졸 역시도 그에게는 불쾌한 존재들이기 때문이었다. 때문에 그들을 부르려고 계획하고 있으면서도, 직접 만나지는 않을 생각이었다.

잠시 제튼의 표정을 살피던 라바운트가 고개를 끄덕이며 말했다.

"이야기하다 보니, 이것저것 쓸데없는 내용이 좀 늘어난 것 같지만, 어쨌든 대충 필요한 건 전부 전달 된 것 같군."

그 말과 함께 라바운트가 찻잔을 내려놓았다. 정확히 마지막 잔이었다.

"아직, 한 가지… 궁금한 게 있습니다."

이야기의 중간에 갑자기 떠올랐던 하나의 가설. 그것을 이제는 입 밖에 내어놓을 생각이었다. 작은 밑그림 정도는 그려진 상황에서, 그 확인을 위해 라바운트에게 붓을 넘기려는 것이다.

"저를 아십니까?"

"허헛! 질문이 어렵구만. 당연히 알지. 오래 전에 벨로아 그 녀석을 통해서 대충 이야기는 들어 알고 있다네. 인간 세상의 소문을 통해서도 알게 된 것들이 제법 많지."

제튼이 고개를 저으며 재차 물었다.

"벨로아님께 이야기를 듣기 전, 그 이전에 이미 저를 알고 계셨던 건 아닙니까?"

사실, 이건 가설이라기보다는 일종의 '감' 이었다.

'나를 안다!'

위대한 일족이라는 드래곤의 비밀마저 이야기 해 주는 모습에서, 그가 알지 못하는 뒷이야기가 숨어 있음을 느꼈다.

"저를 아십니까?"

때문에 이리 묻는 것이다.

"후우… 대답할 수 없네."

제튼의 눈이 가늘어졌다. 라바운트가 그의 질문에 답변을 거부한 건 이번이 두 번째였다.

'하지만 첫 번째와는 달라.'

이전의 질문은 굳이 캐묻는다면 들을 수 있다는 느낌이 있었다. 그렇지만 이번의 질문은 결코 듣기 어렵다고 여겨졌다.

'역시….'

뭔가가 있다는 확신이 섰다.

"한 가지는 확실히 해 주겠네."

라바운트가 제튼을 향해 굳어버린 시선을 보내며 말했다.

"자네에 대해서 알게 된 건, 벨로아를 통해서라네."

그리고 둘의 시선이 한동안 맞닿았다. 무거운 침묵이 내려앉았다.

탕. 탕. 탕…

누군가 2층을 올라오며 내는 발소리가 있고서야, 그들의 시선을 떨어졌고 침묵을 깨어졌다.

가족들로 보이는 이들이 2층 한쪽에 자리를 잡고 앉는 게 보였다. 그들을 한 차례 바라보던 제튼이 창밖으로 시선을 던졌다. 어느새 해가 기울어지면 저녁시간이 가까워 오고 있었다.

"잘 먹었습니다."

제튼은 그 말을 남긴 뒤 먼저 자리에서 일어났다. 라바운트는 여전히 자리에 앉은 채 제튼이 떠나는 걸 지켜봤다. 창 너머로 거리의 풍경이 비치고, 그 한편으로 멀어지는 제튼의 뒷모습이 보였다.

그의 모습이 거리 저 끝으로 완전히 사라졌을 때에서야 라바운트의 입이 열렸다.

"확실히… 눈치가 좋군."

씁쓸한 여운이 남는 그런 음성이었다.

#2. 카이스테론

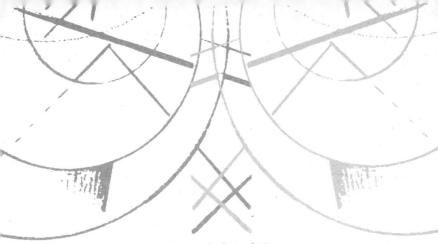

#2. 카이스테론

과연, 카이스테론 아카데미라고 해야 할까?

한 달도 채 안 되는 짧은 시간이었으나, 케빈은 제국 명문 아카데미의 저력을 새삼 실감할 수 있었다.

'수준이 다르군.'

이제 겨우 1학년 과정이건만, 벌써부터 테룬 아카데미의 공부를 압도하려 들었다. 아카데미 졸업장이 있는 이들마저도 굳이 이곳을 찾는 이유를 알 것 같았다.

내심 첫 배움을 시작하는 여동생이 걱정되었으나, 다행스럽게도 그녀는 아카데미 교육을 잘 따라와 주고 있었다.

그들 남매가 신청한 기사학부의 공부는 이미 지난바 실

력이 있던 터라, 크게 문제가 될 건 없었다. 하지만 일반학이나 교양부분에서는 적잖은 어려움을 느낄 거라 여겼다.

헌데, 이것마저도 놀랍도록 잘 따라오는 게 아닌가.

'마르한 할아버지 덕분이겠지.'

소학원을 다닐 당시, 여동생이 마르한에게 따로 가르침을 받았다는 걸 알고 있었다.

신학을 비롯하여 약초분류법과 치료술 그리고 예절 및 일반적인 생활지식까지, 다양한 부분에 있어서 마르한의 공부를 전수받은 것이다.

당시, 케빈도 몇 차례 참석한 적이 있었으나, 안타깝게도 검에 더 많은 관심이 있던 케빈으로써는 몇 차례 듣다가 포기해버린 공부이기도 했다.

그 덕분일까?

메리는 제국 명문 아카데미의 공부를 너무도 수월하게 따라오고 있었다. 오히려 케빈이 더욱 버벅 거리는 부분이 없잖아 있었다.

'끄응⋯.'

앓는 소리가 절로 나온다고 해야 할까?

나름대로 테룬 아카데미에서도 수재소리를 듣고 항시 고득점만 받던 그였다. 조기졸업을 할 정도였으니 더 말해 무엇하겠는가.

하지만 아무래도 검에 전념하는 부분이 컸다 보니, 일반

학문 부분에서 빠르게 밑천이 바닥나려하고 있었다.

'공부인가.'

테룬 아카데미 초반에 느끼던 두통을 오랜만에 맛보는 것 같았다.

고개를 절레절레 흔든 그가 한편으로 시선을 돌렸다. 연무장 한쪽에 서서 목검을 휘두르는 여동생이 보였다.

'누구 동생인지….'

평소 딱딱하기만 하던 모습과 달리, 입가에 미소가 가득 실렸다. 그 순간 한쪽에서 신음성 비슷한 소리가 들려왔다. 그와 동시에 입가의 미소가 지워졌다.

'끄응….'

안 봐도 뻔했다. 그를 훔쳐보던 소녀들이 자지러지는 소리이리라.

케빈과 메리.

이미 그들 남매는 기사학부 1학년의 명물이었다.

조각 같이 잘 생긴 미남과 숲의 요정이라는 엘프를 연상시키는 고결한 미녀 남매.

그들 남매를 표현하는 내용들 중 하나였다. 굳이 '하나'라고 하는 이유는 이 외에도 다양한 표현법들이 존재하기 때문이었다.

어쨌든 이를 묶어놓고 보면 결론은 하나였다.

잘난 남매.

여학생들은 케빈에게, 남학생들은 메리에게 시선을 빼앗기게 되는 것이다.

이 소문을 듣고 찾아온 고학년의 선배들 역시 감탄을 금치 못했다는 건, 이미 하나의 일화처럼 되어버린 상황이었다.

어쨌든 이런 이유로 여학생들은 케빈을 자주 관찰하고는 했는데, 평소 얼음장 같은 모습만 보여주던 그가 더없이 부드러운 미소를 띠우는 걸 봐 버린 것이다.

'미치겠군.'

이미 테룬 아카데미에서도 겪었던 상황이었으나, 설마 이곳 카이스테론에서도 경험 하게 될 줄은 몰랐다.

그도 그럴 게 제국 전역에서 잘났다는 이들만 모인 장소였기 때문이다. 생각 이상으로 그들 남매가 잘났다는 걸 깨닫게 되는 부분이기도 했으나, 학생들의 반응을 보자면 크게 유쾌하지는 않았다.

오히려 어떤 부분에서는 테룬 아카데미보다 더했다. 그곳의 소녀들과 달리 이곳의 소녀들은 더욱 적극적이며 저돌적이었다.

수시로 고백을 해온다던가 하는 게 특히 그랬다.

하지만 이미 테룬 아카데미에서 겪어본 일이기에 충분히 참아 넘길 수 있는 부분이었다.

'정작 짜증나는 건… 저놈들이지!'

메리의 훈련을 곁눈질로 훔쳐보는 소년들이 눈에 들어왔다. 아카데미 졸업을 하고 다시 입학하는 이들도 있다 보니, 그보다 나이가 많은 청년들도 여럿 끼어 있었는데, 이런 이들의 행태를 보고 있자면 절로 손가락이 꿈틀거렸다.

'저 눈알을, 확!'

후벼 파 버리고 싶다고나 할까.

'쯧! 자유훈련 같은 목록은 왜 있는 거야.'

사실, 1학년 과정 중에는 제대로 된 휴식시간이 없다 보니, 이 시간이 휴식시간으로 이용되고 있었다. 메리나 케빈이야 이 시간에도 수련을 했으나, 상당수 학생들은 이 시간에 체력을 비축하려 들었다.

어쩌면 남매의 이런 절대체력 때문에 더욱 시선을 잡아끄는 것일지도 몰랐다.

"짜증이 눈에 가득 찼네."

문득 들려온 음성에 케빈의 고개가 돌아갔다. 익숙한 얼굴이 하나 다가오는 게 보였다.

'이든.'

케빈으로 하여금 그나마 아카데미 생활을 유쾌하게 만들어주는 존재였다.

올해 겨우 14살이건만, 조기입학이라는 제도를 통해 이곳 카이스테론 아카데미에 합격한 '천재'였다.

'이놈은 진짜지!'

케빈마저도 감탄하게 만드는 천재 중에서도 천재라 불릴 존재가 바로 눈앞의 이든이었다.

'아니지. 천재라는 말로도 부족하려나.'

그가 이처럼 생각하는 이유는 간단했다.

마스터!

무려 그 어마어마한 경지를 저 어린 나이에 오른 것이다. 감탄이 절로 나오는 놀라운 성취였다.

케빈 역시도 어린 나이에 마스터라는 절대적 경지에 올랐다. 그 덕분에 은연중에 자만하는 마음이 생겼었는데, 눈앞의 어린 소년 덕분에 이런 부분을 싹 지울 수 있었다.

오히려 반성까지 했을 정도였다.

여러모로 그를 깨우치게 해 준 존재인 것이다. 이러니 어찌 안 좋아할 수가 있겠는가.

물론, 그 놀라운 재능에 대한 질투심이 없지는 않았다. 하지만 이는 오히려 '투쟁심'으로 굴리며 스스로에 대한 채찍으로 삼았다.

"좀 전에는 메리 누나를 뚫어져라 보더니, 이번에는 접니까? 얼굴 뚫어지겠네요."

그러면서 부끄럽다는 듯 얼굴을 붉히며 몸을 베베 꼰다.

"큭!"

덕분에 실소할 수 있었다. 소년의 행동이 장난이라는 걸 알기에, 순수하게 이를 받아들인 것이다.

"또 웬일이냐?"

"으아… 딱딱해. 딱딱해. 좀 부드~럽게 말하라구. 형이 자꾸 그렇게 딱딱하고 차갑게 구니까 여자들이 걸핏하면 삑가는 거 아냐."

내용이 조금 이상하게 이어졌다. 이 역시 농담이라는 걸 알기에 작게나마 실소할 수 있었다. 그러며 슬쩍 반격의 말을 던졌다.

"넌 어린놈이 너무 까졌다."

"윽! 그건 인정."

"그나저나 수업 중 아니냐?"

케빈과 이든은 반이 달랐다. 그리고 지금은 각자 수업 시간이었다. 당연히 이든의 등장에 의문을 가질 수밖에 없었다.

"우리도 자유훈련 시간이라서."

지정된 연무장을 빠져나왔다는 의미가 아닌가. 고개를 절레절레 흔든 케빈이 이든을 향해 말했다.

"그러다 정말 벌점 받는다."

"흐흐! 선생님도 쉬러 가서 없는데 뭘. 안 들키면 되는 거지. 뭐… 들켜도 나중에 실기시험으로 점수 왕창 따내면 되는 거고."

벌점 제도라고 하여, 각 학생들은 아카데미 입학 당시에 일정 점수를 부여받는데, 아카데미 생활동안 부여받은 점수를 지켜야만했다.

만약 학생들의 점수가 일정 이하로 떨어지게 되면, 그 학년을 끝으로 아카데미에서는 강제로 퇴출시킬 수 있었다.

벌점을 많이 받는 학생들의 경우 각 학년 중간과 학년 말에 이뤄지는 시험을 통해, 필히 부족한 점수를 보충 받아야만 했다.

"그나저나… 메리 누나가 예쁘긴 예쁜가 봐. 자유훈련 시간에 제대로 훈련하는 사람이 없네."

이든의 그 말에 케빈이 짧게 혀를 찼다. 이런 그의 옆얼굴을 훔쳐본 이든이 내심 실소하며 고개를 흔들었다.

'정말, 여차하면 눈이라도 파버릴 기세네.'

평소 냉정 침착의 대명사로 보이는 사내이기에, 이런 모습이 여간 재밌게 느껴졌다.

대개의 남학생들이 반트 남매에 대해 관심을 드러낼 때, 그 중심에는 여동생인 메리 반트가 있었다.

하지만 이든만큼은 다른 남학생과는 반대였다.

케빈 반트!

아카데미 입학 무렵부터 자연스레 시선이 갔다. 케빈의 숨겨진 실력을 읽었기 때문이었다.

마스터!

설마, 그와 비슷한 수준의 강자가 아카데미 학생으로, 그것도 같은 동기생으로 들어올 거라고 누가 상상이나 했겠는가.

더욱 놀라운 건, 상대가 아직 10대라는 점이었다.

'천재!'

놀랍다고 해야 할까?

물론, 이든 역시도 스스로가 천재라는 걸 알고 있었다. 겸손이니 뭐니 해서 스스로를 깎아내릴 생각은 없었다.

'인정할 건 인정해야지.'

겨우 열두 살의 나이에 마스터에 올랐다. 이는 역사상으로도 유례없는 일로써, 그가 천재라는 걸 증명하기에 충분한 '대' 사건이었다.

'하지만… 나한테는 아빠가 있었으니까.'

제국의 영웅. 전쟁의 신. 대륙 최강자. 등등 다양한 수식어로 불리는 존재.

브라만 대공!

바로 그 초월자가 이든의 부친이자 스승이었다. 게다가 또 한 명, 절대자라 칭해지는 검의 스승이 존재했다.

검작공 오르카!

대륙 최초의 여성 마스터마저도 검술 선생으로 두고 있었다. 충분히 마스터라는 영역에 도전할만한 위치인 것이다.

그리고 이런 두 절대자를 스승으로 두고 있는 이든의 정체 역시도 특별했다.

카이든 라 브라만 칼레이드.

대 제국 칼레이드의 황자.

이든의 실질적인 이름과 위치였다.

'뭐… 아빠가 아니었어도 충분히 마스터에 올랐겠지만.'

어쨌든 그런 카이든에게 케빈의 존재는 여러모로 신기할 수밖에 없었다.

'아마도, 케빈 형을 가르치신 분도 대단한 실력자겠지?'

부친에게 들은 적이 있었다.

〈세상에는 보이는 게 전부가 아니다.〉

그러면서 알려진 실력자 외에도 대단한 강자들이 여럿 존재한다고도 했다.

'그런 숨겨진 강자에게 배운 거려나?'

언제고 기회가 된다면 케빈의 스승과도 만남을 가져보고 싶은 마음이 있었다.

거기까지 생각하던 카이든의 시선이 남학생들의 시선을 집중시키는 소녀에게로 향했다.

'메리 누나도 저 정도로 가르칠 정도니까. 분명히 대단한 분일 거야.'

자세한 건 모르겠으나, 케빈과 메리가 한 스승에게 배웠다는 것 정도는 들어 알고 있었다. 이런 제자를 가르칠 정도라면 스승 본인의 실력도 범상치 않을거라고 여겨졌다.

'확실히 메리 누나도 대단하니까.'

익스퍼트 상급.

메리의 실력이었다. 느껴지는 오러의 양은 중급 정도였고, 제대로 된 실력을 본 것은 아니었으나, 카이든의 감각은 비쳐지는 것보다 더 위에 있다고 알려줬다.

'그러고 보니, 메리 누나도 잠정적 라이벌인가. 큭!'

순간 섬뜩한 기세가 밀려들었다. 뭔가 확인을 해 보니 케빈이 그를 향해서 날카롭게 눈을 빛내고 있는 게 아닌가.

'…눈으로 살인나겠네.'

아무래도 메리를 바라보며 흥미롭다는 표정을 지어 보인 게 거슬렸던 모양이었다.

'정말, 심각하게 과잉보호라니까.'

그리 생각하며 고개를 절레절레 흔드는데, 이게 케빈의 심기를 건드린 듯, 그의 기세가 더욱 날카롭게 찔러오고 있었다. 그러면서 말을 건네 오는데, 그 내용이 또 가관이었다.

"슬슬, 자유훈련시간 다 되가는데, 안 가냐?"

눈 한번 잘못 뒀다가 쫓겨날 위기였다.

"끄응…"

앓는 소리가 절로 나왔다.

어느새 여든을 코앞에 둔 나이 탓일까?

"요즘은 눈이 영… 침침한 것이, 눈에 뵈는 게 없어."

마르한은 그 말과 함께 짐을 꾸리고 있었다. 이 모습을
뒤에서 지켜보던 제튼이 고개를 절레절레 흔들었다.

"그러면 좀 쉬셔야지, 갑자기 웬 여행입니까."

이에 마르한이 어깨를 으쓱이며 말했다.

"내 별명 알잖나."

방랑사제.

다시금 길을 떠날 때가 온 것이다. 제튼으로써는 노구에
무리를 하는 것 같아서 보기 좋을 리가 없었다. 게다가 오
랜 세월 함께하며 쌓은 정 때문인지, 더욱 보내기가 쉽지
않았다.

"굳이 가셔야겠습니까?"

그의 물음에 마르한이 고개를 끄덕이며 말했다.

"아직 숨이 붙어있을 때, 그 아이에게 해 줄 수 있는 일
을 할 생각이네."

제튼은 '그 아이'가 누구인지 잘 알고 있었다. 모를 수
가 없었다.

메리 반트!

그의 장녀와 관련된 이야기인데 어찌 모르겠는가.

"아시다시피. 성국에서는 영감님이 움직이는 걸 싫어할 겁니다."

이에 마르한이 허옇게 웃었다.

"말했잖나. 눈에 뵈는 게 없다고."

꽃향기가 만연한 어느 봄 날, 방랑사제는 다시금 고행의 길에 올랐다.

카이스테론 아카데미.

제국의 명문이라고 불릴 정도로 급성장을 한 덕분인지, 수많은 귀족들이 이곳에 입학하기를 주저하지 않았는데, 그 중에는 고위 귀족의 자제들 역시 포함되어 있었다.

고위 귀족.

즉 백작급 이상의 귀족들을 의미하는데, 이곳 수도에 발을 들였다는 건, 그들 하나하나가 제국에서 거대한 발언권을 지니고 있는 존재들이라는 의미이기도 했다.

때문에 다른 아카데미를 졸업하고 난 뒤, 이곳을 찾는 졸업생들 중에는 순수한 배움만이 아닌, 고위 귀족의 눈에 들고 싶어서 발을 들이는 이들도 여럿 있었다.

라반과 말론.

이들 역시도 그런 의미로 카이스테론 아카데미를 찾은 타 아카데미 정규 졸업생들이었다.

그들은 카베른 지방에 있는 마오론 아카데미 기사학부의 수석 졸업자와 차석 졸업자로서, 이제 겨우 20대 초반의 나이에도 불구하고, 익스퍼트에 한발씩 걸치고 있는 뛰어난 재능의 소유자들이었다.

그런 만큼 개개인이 지니고 있는 자신감도 대단했다. 충분히 고위 귀족의 눈에 들 수 있을 거라고 여겼다.

분명, 그렇게 믿고 있었다.

"하… 하… 대단하다고 해야 하나? 과연, 카이스테론이라고 해야 하나. 하나같이 만만한 놈들이 없어."

말론의 넋두리 같은 혼잣말에 옆에서 자리를 지키던 라반이 짧게 혀를 찼다. 그 역시 공감하고 있는 부분이기 때문이었다.

20대 초반에 익스퍼트에 발을 들인 재능?

카이스테론에서는 너무도 흔한 재능이었다. 수석과 차석이던 그들도 이곳에서는 중간 그룹일 뿐이었다. 그들보다 못한 이들을 찾으라고 한다면, '진짜 신입생'들 정도밖에 없었다.

졸업장을 들고 아카데미를 찾은 게 아닌, 정말로 이곳 카이스테론이 첫 아카데미인 소년들을 의미했다. 하지만 그들 역시도 뛰어난 재능을 지니고 있어, 머지않아 따라잡힐 거라는 두려움마저 주고 있었다.

"이곳은 수준이 높으니까. 금세 따라잡히겠지."

여전한 말론의 혼잣말이었으나, 오랜 시간을 함께 해 온 덕분인지 라반은 그 의미를 충분히 알아들었다.

'중급검술…인가.'

라반의 입가에 옅은 떨림이 일었다.

그가 배웠던 마오론 아카데미처럼, 대개의 아카데미는 삼류라 불리는 초급검술로 기초를 쌓고, 그 중에서 제법 수준이 있는 검술들로 성장의 발판을 마련한다. 이후 고학년이 되어야 중급검술과 정식 연공법을 전수하고는 했다.

'그나마도 겨우겨우 중급에 오른 수준이지.'

이곳에 와서 알게 된 사실이었다. 카이스테론 아카데미에서는 1학년 때부터 이미 중급검술까지의 열람이 허락되어 있었다.

물론, 그 급수가 제법 떨어지는 것으로써, 실질적인 중급검술은 2년차부터 익힐 수 있었으나, 신입생 전용의 열람서적으로도 충분히 아카데미의 수준차이를 실감할 수 있었다.

제국 명문 아카데미!

그 명성은 거짓이 아니었다. 특히, 이곳의 신입생들은 시작부터 중급검술 외에도, 정식 연공법도 익힐 수 있었다.

연공법!

어찌 보면 중급검술보다 더욱 귀중한 부분이었다. 연공법의 존재 유무만으로도 이곳의 신입생들은 선택받았다고 할 수 있는 것이다.

그리고 이로 인해 라반과 말론은 그들이 걸었던 긴 여정을 단번에 따라잡는 것도 가능하다는 걸 느끼고 있었다.

"결정했다."

문득 말론이 자리에서 벌떡 일어나며 주먹을 불끈 쥐는 게 보였다.

"나는 여기서 다시 시작하겠어!"

역시나 라고 할까? 라반은 단번에 그 의미를 알 수 있었다.

"진짜 신입생이 되겠다는 의미냐?"

하지만 묻지 않을 수가 없었다.

'나와 다른 길을 가겠다는 거냐?

라반과 말론의 시선이 복잡하게 얽혔다가 떨어졌다.

"미안하다."

그 말과 함께 말론이 한쪽으로 걸어가는 게 보였다.

"으득…"

이를 악 문 라반의 시선이 말론의 뒷모습을 끈질기게 쫓았다. 하지만 결국 그는 돌아보지 않았고, 그렇게 저 한쪽으로 사라져버렸다.

"그래. 결국… 넌 나와 다르구나."

함께 이곳으로 왔던 다른 친우들 중, 유일하게 같은 기사학부의 동기로써, 어린 시절을 함께 보낸 지기였다.

"너만은 나와 같다 여겼건만. 결국…."

둘 다 몰락 귀족의 자제로써, 자라온 성장 과정이 비슷했기 때문일까? 유달리 함께하는 시간이 많았었다.

"우리는 다르구나."

입술을 질끈 깨문 그가 자리에서 일어났다. 그리고 걸었다. 말론이 갔던 방향에 등을 보인 채 걸음을 옮겼다.

얼마나 걸었을까.

"어서 와."

익숙한 음성이 그를 반겨줬다. 뒤이어 몇몇 인사말이 날아들며 그를 맞이했다. 일일이 화답하며 그들을 지나치니, 이내 한 사내의 듬직한 뒷모습이 보였다.

그의 등장을 알아챈 듯, 사내가 고개를 돌리며 눈을 맞춰왔다.

"왔냐."

"예. 마메리안 공자님."

"하핫! 그냥 선배라고 부르라니까."

"공자님이라 칭할 수 있는 것도 과분합니다."

"큭큭… 크하핫! 귀여운 놈."

시원하게 웃음을 터트리는 마메리안의 시선과 잠시 닿았다. 동시에 오싹한 소름이 목 뒤를 스쳤다. 급히 고개를 숙여 시선을 바닥에 두며 표정을 감췄다.

장대한 기골 사내다운 이목구비, 굵직한 음성까지. 누가 봐도 남자 중의 남자처럼 여겨지는 사내가 바로 마메리안이었다.

하지만 라반은 저 겉모습에 결코 현혹되지 않았다.

'뱀 같은 놈!'

그게 마메리안의 본성이라는 걸 잘 알고 있었다. 그럼에도 불구하고 그를 선택했다.

파스카인.

무려 저 대단한 공작가의 직계이기 때문이었다. 물론 아직까지는 정식 후계자로 불리지는 않는다. 하지만 언제고 공작가의 정점을 노려볼만한 위치에 있었다.

파스카인 공작의 손자라는 특별한 위치를 지니고 있는 까닭이었다. 그의 위로 두 명의 형이 더 있는 이유로, 순위가 제법 처지기는 했다.

'그래도 가능성은 충분하지!'

특히, 그가 지니고 있는 욕망의 무게를 짐작한다면, 무리가 아닐 거라고 여겼다.

"그녀는 어떻게 됐어?"

일순 날아든 마메리안의 물음에 라반의 눈가에 옅은 경

련이 일었다. 그가 이곳에 있을 수 있는 이유가 나온 까닭이었다.

'메리 반트….'

황당하게도 마메리안은 그녀를 원하고 있었다. 그리고 이런 이유로 인해 라반을 받아들인 것이기도 했다.

자신의 능력 때문에 들어올 수 있다고 여겼던 라반이었기에, 이러한 사실이 밝혀졌을 때 상당한 충격을 받아야만 했었다.

'빌어먹을 놈! 나이 차이는 생각지도 않고.'

바닥을 향한 그의 눈가에 경멸의 빛이 흘렀다. 당연했다. 마메리안의 나이는 무려 서른을 코앞에 두고 있기 때문이었다.

올해 나이 스물아홉으로써, 아카데미의 학생이라고 보기에는 과한 나이 같아 보이나, 카이스테론에서는 흔히 볼 수 있는 연령대이기도 했다.

졸업장을 지닌 신입생.

기본적으로 스물하나부터 입학하는 그들의 연령대를 고려한다면, 스물아홉 나이의 학생이 크게 이상한 건 아니었다.

물론, 고위 귀족의 자제들 중에서는 보기 드문 사례기는 했다. 아예 초반부터 카이스테론에 입학을 하거나, 아니면 귀족 아카데미를 다니거나 하는 게 평균이기 때문이었다.

마메리안의 경우에는 귀족 아카데미를 졸업한 뒤, 이곳에 입학을 한 것으로써, 흔하지 않은 케이스라고 할 수 있었다.

올해 6년차로써, 스물아홉 이라는 늦은 나이에 졸업을 앞둔 이유는 입학 전에 3년 정도 가문의 업무를 배운 까닭이었다.

"아직도 별다른 진전이 없는 거야?"

문득, 들려오는 발걸음 소리에 식은땀이 흘렀다. 마메리안이 그에게로 다가오고 있는 것이다.

"이거 참. 우리 귀여운 후배님께서 자꾸 이런 식으로 날 실망시키면 곤란한데."

바닥을 향한 라반의 시선 끝에 큼직한 발이 하나 보였다. 마메리안이 도착한 것이다.

"같은 반이잖아. 친할 거 아니야. 설마, 아직까지 말도 못 걸어본 건 아니지?"

라반의 입술이 덜덜 떨렸다. 그는 마메리안이 분노하면 수하들을 어찌 대하는지 알고 있었다.

마메리안에게 속한 이들 중, 그의 고향 선배가 있는 까닭이었다.

"별 거 아니잖아. 그냥 소개 좀 시켜달라는 거야. 그러면 나머지는 내가 다 알아서 한다니까. 자리만 만들어 주면 된다고. 기왕이면 친한 오빠에게 소개받는 게 더 모양

마귀돌황7

새가 그럴싸하잖아."

어느새 귓전에 다가온 음성이 싸늘하게 목덜미를 파고 들었다. 두툼한 옷이 아니었더라면, 축축한 등허리의 물기를 들켰을지도 몰랐다.

스윽…스윽…

머리를 쓰다듬는 그의 딱딱한 손길이 느껴졌다.

"잘할 수 있지?"

그의 물음에 할 수 있는 대답은 하나뿐이었다.

"…예."

문득 말론의 뒷모습이 생각났다. 굳이 이렇게까지 해 가며 걸어가야 할 길일까? 스스로에게 묻는다.

'간다!'

언제나 그의 답은 하나였다.

❖

카이스테론 아카데미 기사학부에는 연공실이라는 장소가 존재하는데, 이곳은 기사학부 학생들이 오러를 익히기 위해 마련된 공간이었다.

신입생들에게 개방된 건 초급 연공실로써, 기초적인 연공서적만이 존재했다. 하지만 다른 여타의 아카데미를 생각해 본다면, 이건 그야말로 특혜나 다름없었다.

제국 아카데미 사업으로 탄생한 대부분의 아카데미가 고학년은 되어야 연공법을 허락받기 때문이었다.

때문에 많은 신입생들이 이곳 연공실을 찾고는 했는데, 그 속에는 케빈 역시도 끼어있었다.

〈배워라. 익혀라. 그리고 발전해라.〉

제튼이 그에게 한 말 때문이었다.

그 스스로도 다른 연공법을 통해 자신의 연공법을 돌아보는 계기가 될 수 있기에, 이곳을 자주 찾는 것이었다. 비록 기초적인 연공서적 밖에 없었으나, 여기서도 충분히 배울 게 있다고 여겼다.

여느 때와 다름없이 연공실의 서적을 살피고 나오던 그의 눈매가 가늘어졌다. 보기 싫은 뒷모습을 본 까닭이었다.

'말론.'

같은 반의 학생이었다. 입학 초반에 있었던 작은 마찰 탓에, 제대로 눈에 담아 놓은 얼굴이었다.

언뜻 불쾌한 감정이 눈가를 스쳤다.

'메리에게 수작을 걸었던 놈!'

좀 더 정확히는 말론이 아니라 그의 친우 라반이 접근했던 것으로써, 말론은 곁에서 몇 마디 거든 정도밖에 없었다.

하지만 그 정도가 점점 심해지면서, 메리의 미간에 작은 주름이 생겨났고, 이를 본 케빈이 움직이게 된 것이다.

대련을 빙자해서 그 둘을 크게 혼내줬었는데, 아주 제대로 손을 쓴 덕분일까?

같은 반의 동기생들 중에서는 메리에게 고백을 하는 학생들이 없어졌다. 그날 케빈의 실력을 본 까닭이었다.

한 차례 눈살을 찌푸리던 그가 말론을 지나칠 때였다.

"미안하다."

돌연 그가 말을 건네오는 게 아닌가. 게다가 그 내용도 황당했다. 너무도 갑작스러워 걸음이 멈춘 케빈이 그를 향해 시선을 보냈다.

왠지 모를 슬픔이 깃든 눈빛에 재차 눈살이 찌푸려졌다. 그 눈빛이 걸려서일까?

"알면 됐습니다."

그만 그의 사죄를 받아버렸다. 그 모습에 말론의 눈가에 작게 불이 들어왔다.

"뭐 때문인 줄 알고 그런 소리를 하냐?"

"뭐가 있으니까 사과를 한 거겠죠."

"큭⋯."

작게 실소하는데 어째선지 처량한 느낌이 들었다.

"누구 기다리는 사람 있습니까?"

조금 전 그의 뒷모습과 지금 저 슬픈 눈빛에서 그런 느낌을 받았다. 말론이 쓰게 웃으며 대답했다.

"그래. 그런데… 아무래도 안 올 모양이다."

혹시나 하는 마음에 자꾸만 뒤를 돌아보며, 걸음을 늦췄다. 하지만 결국 라반은 그와 다른 방향으로 가버린 듯싶었다.

쓰게 웃은 그가 걸음을 돌려 연공실로 향했다. 그렇게 서너 발자국 내딛었을까? 문득 고개를 돌린 그가 케빈을 향해 말했다.

"조심해라."

그는 친우를 통해 마메리안의 감정을 알고 있었다. 때문에 이리 경고를 하는 것이었다.

별다른 표정 변화가 없는 케빈의 모습에 고개를 흔든 말론이 재차 말을 건넸다.

"여동생… 잘 지켜라."

그 순간 무릎이 꺾였다.

'어라?'

이건 뭐지? 라는 생각을 하고 있는데, 문득 기이한 부분이 눈에 잡혔다.

부들부들…

몸이 흔들리고 있었다. 인지하고 나서야 육신의 떨림이 느껴졌다.

'이게, 무슨?'

기이한 현상에 당황하며 몸을 바로 세우려 하는데, 도통

말을 듣지를 않았다. 그 순간 케빈의 음성이 귓속을 파고
들었다.

"건드리면. 죽습니다."

무미건조한 그의 음성에, 어째서인지 오싹한 소름이 돋
았다. 동시에 깨달았다. 이 이해할 수 없는 육신의 기현상
은 케빈으로 인한 것이라는 걸.

＊

카이스테론 아카데미는 제국의 명문답게, 그 교육 수준
이 매우 높았다.

특히, 교사들의 수준이 상당히 남달랐다.

익스퍼트 중급!

교사들의 기본 실력이었다. 졸업장을 지닌 이들도 찾아
오는 만큼 그들에게 얕보여선 안 된다는 계산도 함께 깔린
조치였다. 그 때문인지 상급의 실력자들도 여럿 있었으며,
마스터에 한 발 걸친 최상급의 실력자들 역시 존재했다.

케빈으로써는 가장 피해야 할 이들이기도 했다.

기사학부장!

최상급에 이른 실력자의 정체였다. 물론 제튼에게 배운
대로 기운을 갈무리 한다면, 그의 실력을 들킬 이유가 없
었다.

하지만 만에 하나라는 게 있기 때문에, 어지간하면 기사학부장실 근처로는 가지도 않았다.

'괜히 실력을 알려서 소란스럽게 하고 싶지는 않으니까.'

이 부분은 카이든 역시 그와 같은 마음이었다.

그들이 서로의 실력을 겨뤄보고 싶다는 욕망에 뒤척이면서도, 매번 제 실력을 드러내 보이지 않는 이유 역시도 이와 같았다.

둘 다 소란을 원하지 않기 때문이었다.

간혹 합동수업을 통해 손을 섞게 되더라도 오러는 내보이지 않은 채, 적당히 검만 섞는 것으로 마무리를 지을 뿐이었다.

아카데미에 들어오고 한 달이라는 시간동안, 그렇게 서로를 잘 감추며 지내왔다.

하지만 정확히 한 달이 지나고, 아카데미 교류전이라는 특별한 상황으로 인해, 잠시 외부 파견을 나갔던 교사가 돌아왔을 때, 그들은 적잖게 당황해야만 했다.

'마스터?'

둘 다 깜짝 놀랐고, 복귀한 교사 역시도 그들을 마주하며 경악해야만 했다.

브로이 플컨.

기사학부장을 넘어서는 실력자의 정체였다. 재미있는 건 그들이 알고 있는 브로이의 대외적인 수준이었다.

익스퍼트 중급!

딱 아카데미 교직원 기준치의 실력만 드러내고 있던 것이다. 자연히 그에 대한 관심이 커질 수밖에 없었다.

'누굴까?'

두 학생의 관심이 짙어졌고, 의외의 상황에 당황한 브로이는 본의 아니게 제대로 된 교육을 하지 못한 채, 첫 수업을 마쳐야만 했다.

애초에 그의 소개를 위해 아이들을 모아놓은 합동수업이었던 만큼, 짧게 끝내는 걸 이상하게 여기는 아이들은 없었다.

'어디서 저런 놈들이 나온 거야?'

당혹스러운 감정이 가슴을 두드렸다. 수업을 끝내기가 무섭게 두 아이들에 대한 조사를 시작했다.

아카데미에 제출된 신상내력을 읽고, 개인적인 정보통을 이용해 별도의 정보를 찾았다.

'특별한 게 없어?'

흔히 볼 수 있는 아카데미의 학생이었다. 물론, 약간의 특이사항 정도는 있었다.

조기입학을 한 이든.

조기졸업장을 딴 경력의 케빈.

그러나 안타깝게도 이 정도로는 그가 느낀 엄청난 부분에 미치지 못했다.

'골 때리네.'

그렇게 조사가 시작되고 이틀이 지났을 때였다.

방문객이 찾아왔다.

주말 보충 수업을 끝낸 뒤, 막 아카데미를 나서려는 순간에 찾아온 손님이었다. 그의 개인실 창문을 넘어 온 존재를 보았고, 경악했다.

'맙소사!'

상대를 확인했을 때, 그는 더 이상 제대로 서 있을 수 없었다.

"주군을 뵙습니다!"

우렁찬 외침과 함께 그의 무릎이 꺾이고, 머리가 바닥에 닿았다.

과하다고 여겨질 정도의 예를 비치고 있었으나, 이는 어쩔 수 없는 본능의 반응이었다.

'왜… 어째서, 대공전하가 이곳에.'

대공 브라만!

갑작스런 방문객의 정체가 무려 전쟁영웅이었던 것이다. 어찌 그의 앞에서 고개를 빳빳이 세울 수 있겠는가.

특히, 브로이의 과거를 생각해 본다면, 고개가 바닥으로 향하는 건 당연한 태도였다.

"허… 설마 설마 했는데, 정말로 마귀라니."

머리 위로 들려오는 싸늘한 음성에 뒷목이 뻣뻣해져왔다.

제튼은 자신의 발아래 엎드려 떨고 있는 사내를 보며, 여러모로 복잡한 감정을 느껴야만 했다.

'브로이 플컨.'

상대의 과거와 연관된 정보가 머릿속에 떠올랐다.

'피닉스 기사단이었지.'

대 제국 칼레이드를 대표하는 3대 기사단 출신의 기사가 눈앞에 있었다. 한동안 브로이의 뒤통수만 내려다보던 그가 나직이 물었다.

"파스카인 공작의 밑으로 들어갔다고 들었다."

"……죄… 죄송합니다!"

브로이가 떨리는 음성으로 힘겹게 대답했다. 그가 이처럼 두려워하는 이유가 바로 그것이었다. 헌데, 뒤이어 나온 이야기가 의외였다.

"되었다. 어차피 전쟁에서 너는 제 역할을 다 했으니."

바닥을 향한 그의 두 눈이 휘둥그레졌다. 하지만 차마 올려다보지는 못한 채 눈알만 데굴데굴 굴릴 뿐이었다.

"특히, 너처럼 전쟁 초반부터 고생한 놈을 시시한 이유로 벌하고 싶진 않다."

브로이를 바라보는 제튼의 감정이 복잡한 이유였다.

제국 전쟁의 산 역사.

피닉스 기사단의 특징이랄 수 있는 것으로써, 다른 두 기사단과 달리, 피닉스 기사단의 경우는 제국 초반부터 활동했던 기사들이 가장 많이 있는 곳이었다.

다른 두 기사단 중에서도 프라임 기사단의 경우에는 초창기 기사들은 한 명도 존재하지 않았고, 일루전 기사단의 경우에는 조장급 몇몇만이 포함되었다는 걸 생각한다면, 실질적으로 피닉스에 전부 몰려있다고 봐도 과언이 아니었다.

'그나마도 몇 안 되지만.'

피닉스 기사단에 대부분이 몰려 있다고는 하나, 그 수가 한 개 조를 겨우 유지할 정도였다.

제국 전쟁의 초창기, 그 치열했던 전장을 생각해본다면 그 정도나마 살아있다는 게 기적이나 다름없었다.

최초의 기사들!

과거, 제튼이 통제하기 전, 천마가 마구잡이로 뽑아서 키웠던 기사들로써, 각종 범죄자들로 득시글하던 게 바로 초창기의 멤버들이었다.

브로이 역시 이런 악질들 중 한명이었다.

"설마, 네가 이런 장소에 있을 줄은 몰랐다."

때문에 이런 의문이 드는 것이었다.

'게다가 이토록 순정한 마기라니.'

그가 아는 한 최초의 기사들은 마스터에 이르기 어려운 이들이었다.

'단기간에 급성장을 시키기 위해서, 전수한 마공은 그 정도로 격이 낮았으니까.'

정말 극한의 깨달음이 있어야 경지에 오를 수 있었다. 하지만 그가 아는 한, 초기 멤버들 중 그 정도의 깨달음이 있을 만한 존재는 없었다.

'기본적으로 인내력이 부족하니까.'

그들 대다수가 전장에서 목숨을 달리 한 이유였다.

'…그런 저질 연공법으로 저런 순정한 마기라니.'

새삼 대단하다는 생각이 들었다. 문득, 이곳을 오게 된 계기가 생각났다.

〈네 두 아들놈들을 조사하는 놈이 있던데.〉

오르카에게 그 이야기를 듣자마자 이곳을 찾아왔고, 브로이를 만나게 된 것이다. 오기 전까지만 해도 적잖은 분노를 느끼고 있었으나, 이곳에 도착하고 브로이를 마주하게 되자, 그 분노에 버금가는 호기심이 머리를 채우기 시작했다.

"우선, 이야기나 좀 하자."

브로이의 과거가 궁금해졌다.

◈

사람들이 카이스테론 아카데미를 대단하다고 여기는 이유는 다양했는데, 그 중에서도 유달리 관심을 끌었던 부분을 뽑으라면 아무래도 '치유실'의 존재를 꼽을 수 있었다.

카이스테론 아카데미에 파견 온 신관들이 머무는 공간으로써, 학생들의 부상을 방지하기 위한 장소였는데, 이곳에 있는 이들 중 한명이 사람들의 시선을 모은 것이다.

루이나르 베실.

치유실을 관리하는 성직자로써, 무려 대신관이라 불리는 존재였다.

올해 나이 53세로써, 30대라는 젊은 나이에 대신관의 지위를 얻어, 한 때 성국을 떠들썩하게 만들기도 했던 이가 바로 루이나르였다.

그리고 이런 대단한 사람이 메리의 새로운 공부 스승이기도 했다.

어찌 알고 찾아 온 것인지, 마르한이 준 서찰을 건네기도 전에, 그가 먼저 다가와 메리에게 말을 걸었고, 이후 자연스레 마르한의 서찰이 전해지며, 그의 개인실 한편에 메리를 위한 공간이 마련되었다.

'영감님도 참… 여러모로 귀찮게 한단 말이지.'

루이나르는 쓰게 웃으며 그의 방 한쪽에 마련된 공간을 바라봤다. 언제나처럼 메리가 공부를 하고 있는 게 보였다. 그가 직접 저술한 성국의 역사 및 신학관련 서적들이었다.

내심 마르한에게 불만을 토로하기는 했으나, 그녀를 바라보는 시선은 더없이 따뜻하게 빛나고 있었다.

비록 마르한이 그녀를 보냈다고는 하나, 실질적으로 그

녀를 찾아낸 건 그 자신이 먼저였다.

입학 초반, 이리저리 아카데미를 구경하던 메리를 보았고, 그녀의 머리 위에서 피어나던 후광을 발견했으며, 마치 빛에 홀리듯 그녀에게 걸어갔다.

〈그대는 누구십니까?〉

황당하게도 당시 그는 학생을 상대로 말을 높이기까지 했었다.

'뭐, 부끄러워 할 일은 아니지.'

지금도 메리에게는 말을 높이고 싶은 충동이 생길 정도였다.

'아직, 그 본질이 겉으로 드러나지 않았건만, 이 정도의 성스러움이라니.'

마르한이 그녀를 그에게 보낸 이유를 알고 있었다.

'내가 후견인이 되어주기를 바란 것이겠지.'

성국에서 몇 없는 순수 성직자면서도 나름의 권력을 지니고 있는 자. 루이나르는 그런 특수한 위치에 있었다.

고위 인사들의 미움을 산 마르한과 달리, 그는 적당한 관계조절을 할 줄 알았고, 그로 인해서 지금과 같은 지위를 얻게 된 것이기도 했다.

'영감님의 의도대로 해 드리지요.'

어찌 안 그렇겠는가. 저 성스러운 공기는 그가 먼저 청해서 다가가고 싶을 정도였다.

'그래도 기왕이면 공부는 좀 더 시켜서 보낼 것이지.'

그의 시선이 메리의 옆으로 향했다. 산더미처럼 쌓여있는 서적들이 보였다. 저걸 다 읽어야 할 메리의 고역을 알고 있지만, 저만큼을 다 가르쳐야 할 그의 고역도 만만치 않을 터였다.

'끄응….'

마르한의 지식적인 부재를 알기에, 그저 속으로만 앓을 뿐이었다.

◈

제국의 명문이라고 불리게 된 덕분일까? 카이스테론 아카데미에는 제국뿐만이 아니라, 대륙 곳곳에서 찾아온 다양한 귀족가의 자재들이 머물고 있었는데, 그 안에는 고위 귀족의 자재라고 불리는 이들도 상당했다.

"우리는 바로 그 부분을 노릴 겁니다."

가면사내는 제국의 수도 크라베스카의 지도 중에서, 카이스테론이 있는 위치를 가리키며 그리 말했다.

이에 거구의 사내가 의문을 내비쳤다.

"거기까지는 어떻게 갈 생각인데."

가면사내가 웃으며 지도에 몇 가지 선을 그었다. 그 선들 중 하나가 거구사내의 눈에 익었다.

"그렇군. 비밀통로인가."

"예. 덕분에 요원들의 희생이 제법 컸지만, 그래도 카이스테론에 자리를 마련할 수 있었습니다."

희생이라는 소리에 거구 사내의 표정에 잠시간 어둠이 자리했으나, 이내 걷어내며 말문을 열었다.

"더 알아낸 비밀통로는 없나?"

이 물음에 가면사내가 고개를 흔들었다.

"여기까지 알아내는 게 전부였습니다."

기존에 알고 있던 몇몇 통로를 토대로, 어느 정도 규칙성을 찾아내었고, 이를 토대로 카이스테론으로 향하는 비밀통로를 추적했다.

요원들의 희생을 통하고 나서야 길에 대한 확신을 얻었고, 통로의 끝을 볼 수 있었다.

"카이스테론의 수준은?"

"명문답다고 해야겠죠. 제국 3대 기사단에 버금가는 전력이 그곳에 있을 겁니다."

기사들의 존재만으로는 부족할지 모른다. 하지만 그곳에 자리하고 있는 마법사들과 다양한 전력들을 분석한 결과, 충분히 그 정도의 수준을 가늠할 수 있었다.

"별의 존재는?"

"없다고 알려져 있지만, 아무래도 제국에서 직접적인 지원을 했을지도 모르는 만큼, 마스터나 마도사 한 명 정도는 염두에 두고 있습니다."

"전력 분석은 그들의 존재를 제외하고 내린 결론이겠지?"

"예."

"…대단하군."

거구사내가 적잖게 놀란 듯 동공을 키우는 게 보였다. 가면사내가 고개를 끄덕이며 동의했다.

"제국의 수도에서도 손에 꼽히는 안전지대입니다."

거구사내가 잠시 턱을 쓸었다. 꺼끌꺼끌하게 난 수염이 손에 걸렸다.

"비밀통로를 연다고 해도, 공략하기가 쉽지 않겠어."

"그럴 겁니다."

순간 거구사내의 입 꼬리가 살짝 올라갔다.

"재밌겠군."

그 미소로 이야기는 결정 났다.

카이스테론 함락!

계획이 성공하기만 한다면 제국에 큰 타격을 입힐 수 있을 게 분명했다.

❖

제국 3대 기사단 중 하나인 피닉스 기사단.

그곳의 단원이라는 위치는 실로 대단하여, 대영주라 불리는 백작들도 그들을 함부로 대할 수 없는 힘이 있었다.

"귀족들도 눈치를 보는 위치라는 게, 확실히 나쁘지는 않았습니다."

내뱉는 말과 달리 브로이의 입가에는 씁쓸한 미소가 걸려 있었다. 한 차례 호흡을 고른 브로이가 이를 악무는가 싶더니, 제튼과 시선을 마주하며 다시 말문을 열었다.

"무례인 줄 알지만, 여쭙고 싶은 게 있습니다."

제튼이 고개를 끄덕이자, 브로이가 왠지 슬픈 얼굴로 물었다.

"저는… 저희들은 소모품이었습니까?"

그를 포함한 최초의 기사들을 의미하는 것이었다.

"그리 생각하는 이유가 있겠지?"

"…예."

"말해봐."

의외로 답은 간단했다.

"저희는 어째서 발전이 없는 겁니까."

전쟁 초반, 익스퍼트로만 이뤄진 기사단이 등장하며 전장을 휩쓰니, 그게 바로 최초의 기사들이었다.

"저희는 단기간에 오러를 쌓고, 익스퍼트급에 올랐습니다. 저도 그렇지만 다른 녀석들도 하나같이 똑같은 생각을 했었죠."

"재능이라고 여겼겠지. 자신들이 천재라고."

"…예. 그리고 그런 특별함이 있어서 저희들이 주군의 선택을 받았다고 여겼습니다."

하지만 전쟁이 시작되고, 어느 순간부터 그들의 성장은 멈춰버렸다.

"익스퍼트 중급에서 더는 실력이 오르지 않았습니다. 게다가…"

"오러도 더 이상 늘지 않았겠지."

"…역시, 알고 계셨군요."

'단기 속성으로 키운 거니까. 어쩔 수 없는 부작용이었지.'

그나마 검술 덕분에 반수정도 더 앞서는 실력을 내보일 수 있었고, 그로 인해서 전쟁 중에는 압도적인 모습을 유지하는 게 가능했었다.

사실, 제튼에게는 맘에 안 드는 방식이었으나, 천마는 크게 신경쓰지 않았다. 저들의 죄악을 알고 있기에 제튼 역시도 몇 마디 건네다가 말았다.

"피닉스 기사단을 나온 건, 그 이유 때문입니다. 후배라는 녀석들에게 따라잡히는 게, 자존심이 상하더군요."

전쟁의 중반 이후부터 투입된 기사들은 좀 더 시간을 들여 키운 이들이기에, 그 연공법의 완성도 역시 남달랐다.

"도망쳤군."

"그렇…습니다."

"너희는 그렇다 치고, 다른 놈들은?"

브로이가 후배라고 부르는 이들에 대해서 묻고 있었다.

'그놈들은 나도 손을 쓴 녀석들인데.'

천마를 귀찮게 해 가면서, 조금이라도 더 사람다운 이들로 고른 자들이었다.

질문을 받은 브로이의 안색이 하얗게 탈색되는 것이 보였다. 제튼이 살짝 기운을 일으키며 재차 물었다.

"다른 놈들은?"

"으음… 죄송합니다."

브로이를 비롯한 초기 멤버들이 꼬여낸 것이다.

"대가는?"

"파스카인 공작에게서 더 많은 지원을 얻기로 약조 받았습니다."

"지원?"

"오러를 늘려주는 비약으로 거래를 했습니다."

정체되어버린 오러와 실력에 눈이 돌아간 것이다.

"다른 쪽으로 간 녀석들도 이와 비슷한 조건으로 넘어갔을 겁니다."

꼬여낼 수 있는 이들은 데려가고 그게 아니더라도, 일말의 불씨 정도는 남겨놓은 채 기사단을 나왔다. 덕분에 제국 3대 기사단은 제 모습을 잃어버릴 수밖에 없었다.

아직도 원형을 지니고 있는 건 프라임 기사단 뿐이었다.

'그놈들은 오로지 충성심만 보고 키운 놈들이니까.'

배신이라는 종류와는 거리가 멀 수밖에 없었다.

"죄송합니다."

바들바들 떠는 브로이의 모습에 제튼이 고개를 흔들었다.

"됐다. 어차피 나갈 놈들은 나가게 되어 있는 거니까."

지금 중요한 건 그게 아니었다.

"이야기나 계속 해 봐."

어떻게 그 엉터리 연공법으로 마스터에 올라갔는가. 지금은 그게 궁금했다. 호흡을 고른 브로이가 재차 이야기를 시작했다.

"약조했던 대로 파스카인 공작에게 비약을 얻었습니다."

하지만 여전히 오러의 변동은 없었다. 상당량의 비약을 마셨음에도 불구하고 변화는 없었다.

"마지막 희망이라고 여겼지만, 결국 그마저도 불가능하다는 걸 알게 되었습니다."

다른 공작파에 몸을 담은 이들에서도 희망적인 소식은

없었다. 희망의 끝자락에 손이 닿았다고 여겼건만, 허망한 헛손질이라는 걸 알게 되자, 거대한 절망이 덮쳐들었다.

"그 때부터 자포자기하는 심정으로 살았습니다."

다른 초기 멤버들 역시도 다를 게 없었다.

"어느 시점부터는 파스카인 공작도 저희들을 못마땅해하는 걸 느꼈습니다."

그럴 수밖에 없는 게, 그들의 실력을 전혀 모르는 상황이라면 검술을 통해 상급에 버금가는 모습을 보일 수 있었다. 하지만 조금이라도 손을 섞고 익숙해지면, 결국 그들이 중급을 넘지 못했다는 걸 알게 돼버리는 것이다.

게다가 절망감에 옛 범죄자 시절의 버릇들을 내보이기 시작하니, 대외적으로도 공작가의 이미지를 실추시킬 수 있었다.

여기까지 듣던 제튼이 혹시나 하고 물었다.

"쫓겨난 거냐?"

하지만 브로이의 대답은 의외의 것이었다.

"파스카인 공작은 저희를 마음에 안 들어 하면서도 굳이 붙잡고 있더군요."

이해할 수 없는 이야기에 제튼의 고개가 살짝 꺾였다.

"이유는?"

"저희들의 연공법을 원하고 있었습니다."

"그는 연공법의 문제점을 몰랐나?"

"알고 있었습니다. 저희들이 일관되게 보여주는 모습만 봐도 충분히 추측할 수 있었을 겁니다."

그럼에도 불구하고 연공법을 원한 것이다. 하지만 여기서 재밌는 상황이 발생했다.

"저희는 주군께서 내리신 '절대명령'으로 연공법의 전수가 불가능했습니다."

명령이라기보다는 심령제압이라고 하는 게 더 정확했다. 일종의 정신계 마법과 닮은 것으로써, 천마의 세상에 존재하는 술법 중 하나였다.

'게다가 정확한 음절을 건넨 것도 아니니까.'

천마의 세상에서 구결이라 부르는 것으로써, 연공법의 세부사항이 전달되지 않은 것이다.

그저 오러를 불어넣어 몸으로만 기억하게 만든 것이라서, 남들에게 전수하려 해도 완벽하게 이어지기가 어려웠다.

〈이런 저급한 심법은 1대에서 끝내야지.〉

천마가 남긴 말이었다.

그가 직접 만들어낸 심법이면서도, 그 저급한 수준에 혀를 찬 것이다.

'너무 격이 떨어져서 일회용으로 끝내려고 한 것이겠지.'

잠시 상념에 빠진 와중에도 브로이의 이야기는 이어지고 있었다.

"파스카인 공작은 연공법을 전수할 수 없다는 걸 알게 되자, 저희가 연공하는 모습을 지켜보며 흐름을 훔쳐내는 방식을 취했습니다."

"그렇게까지 해 가며 연공법을 원했다라…."

호기심을 내비치는 제튼의 모습에 브로이가 조심스레 입을 열었다.

"우연히 들은 게 있습니다."

대답을 재촉하듯 제튼이 그를 바라보며 눈을 빛냈다. 그리고 이어지는 대답이 놀라웠다.

"그들은… 버서커를 연구하고 있었습니다."

오랜 고대에 존재했다는 광기의 화신.

이제는 전설이 되어버린 그 존재가 언급되고 있었다. 하지만 제튼이 놀란 이유는 따로 있었다.

〈파스카인 공작. 그놈의 불같은 성격이라면 버서커와 잘 어울릴 것 같지 않아?〉

언제고 천마가 했던 이야기가 떠오른 까닭이었다.

'설마….'

혹시나 하는 마음에 그의 시선이 창밖의 하늘로 향했다.

'또, 네놈이 싼 똥은 아니겠지?'

불안감이 머릿속을 휘몰아쳤다.

트라베스 공작가의 몰락과 리베란 가문의 세대교체로 인해, 귀족파는 커다란 변화를 맞이하게 되었다.

유일하게 파스카인 가문만이 제 모습을 그대로 유지하고 있었는데, 그 때문일까? 어느새 귀족파의 중심에는 파스카인 공작의 이름이 세워져 있었다.

삼공작 체제가 자연스럽게 그의 일인체제로 변해버린 것이다. 물론, 그가 완벽히 중심에 선 것은 아니었다. 세대교체가 있었다고는 하나, 리베란 공작가는 여전히 건재하기 때문이었다.

단지 그 교체의 틈을 이용해 파스카인 가문이 더 많은 이득과 세력권을 형성한 것뿐이었다. 게다가 신임 리베란 공작의 카리스마가 파스카인 공작에게 못 미친 이유도 한몫 했다.

이렇게 얻어낸 이득 중에는 '정보'에 관한 부분도 포함되어 있었다. 이제는 정보길드도 압도 한다고 여길 정도의 정보력이 파스카인 가문에 형성된 것이다.

"헌데… 그런 정보력으로도 놓쳤단 말이지."

파스카인 공작이 미간 가득 주름을 세우며 전방을 바라봤다. 공작가의 정보를 담당하는 '메루난'이 쓰게 웃으며 대답했다.

"아무래도 인간들의 사회 바깥까지 완벽하게 감시하는 건, 좀… 무리가 있다고 생각하는데요."

언뜻 불경스럽게 여겨지는 말투와 태도였으나, 파스카인 공작의 오랜 지기로써, 긴 시간 그의 그림자를 지켜온 위치를 생각한다면, 이 정도 무례는 용서할 수 있는 부분이었다.

"팔라얀 상단은 거기까지 감시를 하던데?"

"아시잖습니까. 그놈들은 이종족하고 관계 많은 거. 그 녀석들한테는 충분히 가능한 일이에요."

확실히 틀린 말은 아니었다. 잠시 메루난을 노려보던 그가 짧게 혀를 차며 미간의 주름을 거뒀다.

"몬스터들의 대이동을 좀 더 자세히 알아와. 그리고 팔라얀 상단에서 말한 것처럼, 정말 이곳으로 오고 있는지에 대해서도 확인해보고."

"알겠습니다."

"팔라얀 상단이 예측한 게 헛소리였으면 좋겠지만, 아무래도 주변 왕국 분위기가 심상치 않으니까. 그것과도 연결시켜서 조사를 진행시켜. 그쪽은 이미 감시하는 인원이 있으니까 더 쉽겠지?"

"뭐… 그렇죠."

고개를 끄덕인 파스카인 공작이 이야기를 일단락 시키며, 화젯거리를 다른 방향으로 돌렸다.

"그보다 실험은 어떻게 됐지?"

이에 메루난의 입가에 미소가 떠올랐다.

"사실, 오늘은 그걸 보고하려고 온 거였습니다."

팔라얀 상단에서 날아든 괴상한 소식에 잠시 지체되었던 것이다.

메루난의 얼굴에서 이미 대답을 들은 듯, 굳어있던 파스카인 공작의 표정이 밝아지며 열기를 비쳤다.

"성공했습니다!"

기다리던 대답이 메루난의 입에서 흘러나왔다. 파스카인 공작의 입 꼬리가 조금씩 올라가기 시작했다. 조금은 흥분한 듯, 얼굴을 붉게 물들이며 그가 물었다.

"버서커의 발현은 알려진 것과 같나?"

"아직 조금은 부족하다는 결론이지만, 그래도 두 배 이상의 파괴력을 보여줬습니다. 오러의 양도 급격하게 늘어난 걸 확인했습니다."

"시간은?"

"이 부분도 아직은 좀 더 개선해야 할 것 같지만, 충분히 1시간까지는 버텨낼 수 있었습니다."

드디어 만족스러운 결과가 나왔다.

"실험체들의 상태는 문제없겠지?"

메루난이 씨익 이를 드러내며 웃었다.

"그러니까 성공인 거죠.."

만약 그들이 목숨을 잃었다면 결코 성공이라는 단어를 쓰지 않았을 터였다.

"계산 외의 후유증이 조금 있는데, 그건 아무래도 연공법 부분에서 발생하는 것 같다고 하더군요."

연공법이라는 단어에 밝아졌던 파스카인 공작의 표정이 살짝 어두워졌다. 그를 불쾌하게 만드는 존재들이 떠오른 까닭이었다.

"그 반쪽짜리들도 슬슬 내쫓을 때가 됐군."

"함께 들어왔던 이들의 반발이 있지 않겠습니까? 어쨌든 같은 피닉스 기사단의 멤버인데…."

"상관없어. 쫓아내버려. 그놈들이 영지에 끼친 피해만 생각해도 그 면상을 뭉개버리고 싶으니까. 당장 내쫓는 게 좋을 거야."

곁에 두고 있다가는 직접 손을 쓰게 될지도 몰랐다. 그렇게 되면 아무래도 그들, 초창기 멤버들과 함께 온 피닉스 기사단의 분노를 살 수도 있었다.

"그놈들이 가진 연공법만 아니었어도… 쯧!"

연신 불만을 뱉어내는 파스카인 공작의 모습에, 메루난은 이곳에서 나가는 즉시 그들을 방출해야겠다고 생각했다.

'공작님이라면 정말로 손을 쓸지도 모르니까.'

어린 시절부터 보아왔기에, 그 내부에 깃든 뜨거운 불길을 잘 알고 있었다. 괜한 사태를 만들기 전에 움직이는 게 옳았다.

"실험이 성공했으니, 약속했던 대로 '그들'에게도 자리를 마련해 줘야겠군."

"어디로 할까요?"

"제페난 영지로 하지."

"으음… 정말이십니까?"

"지난번 파티에서 보니, 영주의 아들놈이 요상한 꿍꿍이를 지니고 있더군."

"설마, 또 황제에게 넘어간 겁니까?"

"정말… 빌어먹을 얼굴이야. 쯧!"

그녀의 미모는 어지간한 청년들은 마치 매혹에 걸린 것처럼, 단번에 잡아끄는 마력이 있었다.

"하긴, 제페난 영주의 후계자는 영주만큼 기대되는 인재는 아니었으니까요."

어지간한 평정심을 지니지 않고서는 황제와 얼굴을 마주하기가 어려웠다. 나이가 먹은 지금도 여전히 대륙제일의 미인으로 불리는 건, 괜한 이유가 아니었다. 오히려 나이가 들수록 미모에 빛이 더해지는 것 같아, 그 매력을 벗어나기가 쉽지 않았다.

매력이 아닌 마력이라고 불릴 정도로 그녀의 미모는 대단한 것이었다.

"뭐, 제페난 영지라면 적당하겠군요. '그들'에게 알려서 당장 이동을 준비시키도록 하겠습니다."

이후 몇 가지 더 이야기들이 오갔으나, 중요한 내용은 초반에 이미 마친 뒤라서, 소소한 화젯거리밖에 되지 못했다.

#3. 마졸

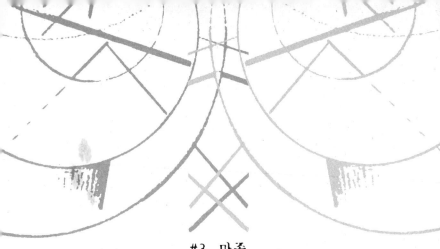

#3. 마졸

브로이가 파스카인 공작가를 나오게 된 결정적 계기는 의외의 장소에서 발생했다.

"여기, 카이스테론의 아카데미 거리에서 그녀를 만났습니다."

지금은 그의 부인이자 한 아이의 엄마가 되어있는 여인이었다.

레니아 플컨.

소설이나 연극에서나 나올 법한, 한 눈에 반한다는 경험을 이 당시에 겪을 수 있었다.

"그대로 공작가에 계속 있으면 안 되겠다는 생각이 들더군요."

마음을 다잡게 된 계기가 되었다. 공작에게 정식으로 요청을 했고, 공작은 흔쾌히 그를 내보내 주었다. 어차피 그가 아니더라도 초기 멤버는 많았다. 게다가 하나같이 말썽만 피우는 이들이니만큼. 한명이라도 줄어드는 게 반가웠을 것이다.

"기왕이면 멀쩡한 직업을 가졌으면 좋겠다 싶어서, 아카데미에 들어왔습니다."

사실, 검을 쓰는 것 외에는 할 줄 아는 게 없다는 이유가 더 컸다.

그렇게 멀쩡한 직업을 갖춘 뒤, 꾸준히 레니아에게 찾아가 마음을 표현했다.

"제가 그리 잘난 게 아니라서 그런지, 반년 정도 쫓아다니고 나서야 겨우 허락을 받았습니다."

이 부분에서 브로이의 얼굴이 빨갛게 변했다. 마귀라고 불리던 그의 과거에는 볼 수 없던 순수한 모습에, 제튼마저도 작게 미소를 짓고 있었다.

그렇게 새로운 삶을 준비하는 와중에 절망으로 쌓인 과거의 독기가 빠져나간 듯, 다시금 도전을 할 수 있는 기력이 생겨났다.

제튼이 눈을 빛냈다. 드디어 브로이의 성장에 대한 이야기가 나오려는 찰나였기 때문이었다.

"말씀을 드리기 전에 먼저, 용서를 구하고자 합니다."

"용서라… 이유는 뭐지?"

"주군께서 전수해주신 연공법을 제 멋대로 변형했습니다."

의외의 대답이었다.

"재미있군. 좋아 용서해 줄 테니, 설명해 봐."

자세한 이야기를 듣고 싶었다.

"오러를 연공하던 중에, 언제고 주군께서 해 주신 말씀이 생각났습니다."

'천마가?'

뭐라고 했었던 것일까?

〈명상이라는 것도 할만하다.〉

천마가 지나가듯 던진 말이었고, 그 때문인지 제른 역시도 기억하지 못하는 부분이었다.

"솔직히 말씀드리자면, 잊고 있었습니다."

알고 있었더라도 행하지 않았을 게 분명했다.

'하나 같이 인내력이 부족한 놈들이었으니…'

명상과는 거리가 먼 성격들이었다. 하지만 그럼에도 불구하고 해냈다. 몸을 움직이며 기운을 빨아들이는 연공법과 달리, 한 자리에 가만히 앉아 있으려니 엉덩이가 가만히 있으려 하질 않았으나, 끈기를 가지고 버텨 낸 것이다.

'가정을 얻고 마음의 여유를 얻은 덕분이겠지.'

그로 인해서 내적인 변화가 있었을 거라 여겼다.

"그래서 명상을 시작했습니다."

이를 계기로 어느 순간 '관조'라는 걸 하게 되었다.

"제 안을 들여다본다는 거, 그건… 정말 신기한 일이었습니다."

그리고 이를 통해서 알게 되었다.

"저희가 익힌 연공법은 '틈'이 많더군요."

'거기까지 알아낸 건가.'

아마 이 부분에서 자신들이 소모품은 아니었을까 하는 생각을 했을 것이다.

'빠르게 오러량을 늘리기 위해서 만든 엉터리 연공법의 부작용이었지.'

제튼도 어느 정도는 알고 있는 부분이었다.

"저희가 쌓은 연공법은 순수하질 못하다는 걸 알았습니다."

탁했다. 순수한 마기가 아닌, 다양한 이물질들로 가득한 기운이 바로 그들의 오러였다.

정순하게 기운을 늘리는 게 아니라, 이것저것 잡다하게 기운을 빨아들였다. 크게, 넓게 오러를 '불린' 것이다. 덕분에 오러의 양이 빠르게 쌓이기는 했다.

하지만 그 부작용으로 전투 중에 이성을 빠르게 잃었으며, 같은 수준의 기사들과 오러 대결을 하는 게 불가능했고, 일정수준 이상의 오러를 쌓는 것 역시도 무리였다.

브로이가 '틈'이라고 표현한 건, 불순한 기운들이 만들어내는 공간이었다. 그곳은 오러를 쌓으면 쌓을수록 커지는데, 후에 가서는 여기를 통해 오러가 조금씩 새어버릴 정도로 문제가 많은 공간이었다.

익스퍼트 중급에 달하는 수준까지 쌓으면, 오러를 받아들이는 양과 빠져나가는 양의 균형이 맞아, 결국은 정체되는 현상이 발생하게 되어 있었다.

'과도한 기운의 집약으로 폭발하는 걸 막으려 했던 거였지.'

어찌 보면 악의적인 공간이라 여길지도 모른다. 하지만 나름대로 저들을 위한 배려도 되어있는 연공법이며 '틈'이었다.

'그나마 그릇이라도 튼튼했더라면 모르겠지만.'

육신의 완성도라도 높았더라면, 새어나가는 기운을 붙들어 놓다 못 해, 적절히 통제하는 것도 가능했을 것이다. 하지만 마귀라 불리던 저들 초기 멤버들의 육신으로는 불가능한 이야기였다.

제튼의 시선이 한 차례 브로이의 전신을 훑었다.

'확실히 과거와는 다르군.'

그릇이 단단해져 있었다. 과거, 단기간에 수준급의 기사를 만들어내려 하다 보니, 저들의 육신은 급조해낸 경향이 있었다. 하지만 지금 그의 눈에 보이는 브로이의 육신은 전혀 달랐다.

'마스터의 역량인가.'

상념 속에서 고개를 끄덕이는 와중에도 브로이의 이야기가 이어져왔다.

"이곳에 교직원으로 들어오기는 했지만, 저 역시 배운다는 생각을 하면서, 다른 수업들을 참관했습니다. 그러다 보니 알게 되는 게 있더군요."

그들에게 부족한 것이 무엇인지 깨달았다.

"기초과정이란 걸 저희는 거치지 않았더군요."

그래서 기초부터 다시 시작했다. 아카데미 내에 마련된 수련법들을 탐독한 뒤, 하나하나 몸으로 익혀나갔다.

"그 시간동안은 연공법을 하지 않았습니다."

정확히 3년이었다. 그의 육체가, 그릇이 새롭게 완성되는 기간 동안 연공법을 멈추고 오러와 거리를 뒀다. 순수하게 육신을 바로 세우고 싶었기 때문이었다.

"그리고 다시 연공법을 했을 때, 놀라운 일이 벌어졌습니다."

연공의 경로가 변한 것이다.

"주군께서 전해주신 그대로 흐르는 곳도 있었지만, 전혀 의외의 통로를 거치는 부분도 있었습니다."

많지는 않았으나, 일부 새로운 경로가 오러에게 길을 열어준 것이다.

'그런 거였나!'

제튼도 예상하지 못한 사태였다.

'천마라면….'

어쩌면 예상을 했을지도 몰랐다. 명상에 관한 조언이 왠지 그와 연관이 있을 거라 여겨졌다.

언제고 그가 트라셀에게 했던 조언이 생각났다.

〈뛰어난 연공법은 간혹 그 스스로 진화를 한다.〉

아마 그와 비슷한 과정이었다고 여겼다.

'그릇이 단단해지는 만큼, 연공법도 필요한 만큼의 변화를 일으킨 것이려나.'

구결이 아닌 몸으로 익힌 것이기에, 몸으로 변화를 감지해낸 것 같았다.

'확실히 가능성은 있는 일이군.'

또한 3년의 공백 역시도 많은 도움이 되었을 것이라고 생각했다.

분명, 공백으로 인해 오러의 양이 상당부분 줄어들었을 것이다. 모르긴 몰라도 익스퍼트 초급 수준까지는 떨어졌을 거라고 여겼다.

'하지만 그 덕분에 독이 빠졌나갔겠지.'

꾸준히 주입되던 불순물들이 더 이상 들어오지 않는데다가, 그릇이라 할 만한 육신은 정순하게 단련되어가고 있었다.

이에 맞춰서 불필요한 기운들, 즉 불순물들이 조금씩 땀과 함께 배출되었을 것이리라.

남아 있는 오러가 완벽히 정순하지는 않았으나, 과거에 비해서는 확연히 깨끗하다 할만 했다. 연공법의 변형은 이 기운들의 흐름이 작게나마 새로운 길을 뚫어낸 결과였을 것이다.

"이후로는 연공법을 할 때마다 조금씩 새로운 길이 열렸습니다."

그리고 어느 순간 그 길의 끝에 다다랐을 때, 경지로 이르는 문이 열렸다.

"궁금하군. 보여줄 수 있나?"

제튼의 물음에 브로이가 즉시 자세를 잡으며 말했다.

"주군의 뜻대로."

그 순간 제튼이 그에게 다가와 어깨에 손을 짚으며 제지했다.

"아니. 이건 네 스스로 쌓아올린 성과다. 나와의 관계에 연연해서 보여줄 것이 아니니, 네 마음이 내키지 않는다면 얼마든지 거부해도 좋다."

그 악조건 속에서도 마스터에 이르렀다면, 그만한 대우를 해 줘야 한다는 게 제튼의 생각이었다. 천마라면 다른 모습을 보여줬을지도 모른다. 그를 연기하고 있으니, 좀 더 모질게 굴어도 됐다.

하지만 그래도 지금 이 순간만큼은 브로이를 대우해주고 싶었다.

깜짝 놀란 듯, 제튼을 바라보는 브로이의 두 눈이 크게 확장되어 있었다.

"변하셨군요."

문득, 브로이가 입가에 미소를 띄우며 입을 열었다.

"못 보신 동안… 많이 변하셨습니다."

이 짧은 순간, 어깨에 짚은 손과 마주하는 시선에서 따뜻한 온기를 느꼈다. 그로 인해 눈앞의 사내가 과거와는 다르다는 걸 깨달았다.

'그동안 무슨 일이 있으셨기에.'

확실히 십여년의 시간이 길긴 길었던 모양이었다.

"주군께서 그리 생각해 주신다면, 감사한 마음으로 연공을 보여드리겠습니다. 오히려 이 기회를 통해서 주군께 지적을 당하고 싶은 마음입니다."

그로 인해서 더욱 발전하는 계기를 얻고 싶었다.

"허락해 주시겠습니까?"

오히려 그리 물어오는 브로이의 모습에, 제튼이 가볍게 실소하며 고개를 끄덕였다.

"후우우우…."

길게 호흡을 내쉰 브로이가 천천히 검을 들고 연공을 준비했다.

그리고,

제튼의 기억과 다른 검로가 펼쳐지기 시작했다.

❖

오르카는 난감한 표정으로 자신의 손을 바라봤다.

몇 장의 편지들이 그 안에 들려있었는데, 한 달 만에 찾아온 제튼이 브로이에게 향하기 전, 그녀에게 급히 건네준 것들이었다.

'그놈들을 불러들인다고?'

생각만으로도 골치 아픈 이들의 이름이 편지에 적혀 있었다. 물론 당연하게도 편지의 발신인은 제튼이었다.

편지에 적혀진 수신인들의 이름을 하나하나 살폈다. 몇몇은 그녀가 아는 이름이었다. 그리고 이들이 전쟁에서 맡은 역할도 알고 있었다. 덕분에 나머지 수신인들과 제튼의 관계도 유추가 가능했다.

'이자들도 같은 놈들이었다니.'

제국전쟁에 깔려진 복선들이 얼마나 대단했는지, 새삼 깨닫게 되었고, 그로 인해 뒤늦게 감탄이 흘러나왔다.

"한가락 한다는 놈들은 죄다 데리고 있었네. 하!"

어이가 없는 한편, 과연 그답다는 생각이 들었다.

"종류별로 다양하네. 쯧!"

더욱 난감한 건 수신인들의 위치였다. 하나같이 제국 바깥에 위치해 있는 것이다. 황당한 건, 그 정확한 목적지가 불분명 하다는 점이었다.

대충, '여기 어디쯤에 있을 것 같음.' 이런 식으로 적혀 있는 것이다. 머리가 후끈 달아올랐다.

"로렌스를 찾아갈 것이지. 왜 하필 나한테 이런 걸 넘겨 가지고. 쯧!"

짜증이 났지만, 사실 생각해보면 실질적으로 분노할 사람은 따로 있었다. 그녀의 정보원으로 지내고 있는 돼지고 양이 사반트의 역할이었다.

때문에 이 황당한 의뢰에도 거절하지 않은 것이다. 게다가 따로 약조한 보상도 있었다. 사반트에게는 미안한 소리였으나, 굳이 거절할 이유가 없었다.

사실, 그녀가 이렇게까지 화를 낼 이유도 없기는 했다. 하지만 그럼에도 불구하고 분노하는 이유는 무엇일까?

"카이든에게 이놈들을 붙인다니."

바로 이 부분 때문이었다.

"설마, 그 아이가 몇 살인지 잊은 건 아니겠지?"

편지의 수신인들은 하나같이 거물들이었다. 그녀가 모르는 이들도 있었으나, 대부분 비슷한 위치일거라고 여겨졌다.

"이제 겨우 열두 살이라고!"

짜증이 확 치밀었다.

본의 아니게 맺게 된 사제의 연이었으나, 분명한 건, 그녀는 스승이었고 카이든은 제자라는 점이었다.

"후우우우…."

길세 숨을 내쉬며 열기를 진정시켰다. 잠시 제튼의 얼굴이 머릿속에 스쳐갔다. 이어서 9년 동안 봐 왔던 그의 모습들을 떠올렸다.

"쯧! 한 번만 믿어본다."

짧게 혀를 찬 그녀가 자리에서 일어났다.

◈

또래와 지내 본 경험이 없던 까닭일까? 카이든에게 있어서 아카데미 생활은 더없이 만족스러운 일들로 가득했다.

카이스테론에 조기입학을 한 그의 재능을 시기하거나, 이를 빌미로 어리다고 무시하며 시비를 거는 모습마저도 신선하게 여겨질 정도였다.

특히나 인상적이었던 건, 그로 하여금 긴장감을 느끼게 만들었던 강자, 케빈 반트의 존재가 있었다. 그처럼 10대의 나이에 규격외의 실력자가 되었다는 건, 여러모로 관심이 갈 수밖에 없는 조건이었다.

상황이 이렇다 보니, 자연스럽게 그와 관련된 이야기들만 가득 흘러나왔는데, 안타깝게도 이를 듣는 대상이 제튼이었다.

'끄응….'

묘한 기분이라고 해야 할까?

'이미 알만큼 알고 있단다.'

이렇게 말해주고 싶은 마음을 꾹 참으며 웃어 보일 뿐이었다.

"그래. 대단하구나. 그 나이에 마스터라니. 정말… 하핫!"

"게다가 그 형이 보여주는 검술도 진짜 대단해. 장담하는데, 이건 오르카 선생님도 보면 깜짝 놀랄 걸."

네 선생도 이미 알고 있다. 라고 이야기하기에는 아직 시기가 일렀다.

"아! 맞다. 이번에 또 놀라운 걸 봤는데, 아빠는 혹시 알려나?"

"놀라운 거?"

"어. 신입생 담당 선생님들 중에 정말 대단한 선생님이 있더라고. 그게 누구냐면,"

"브로이 플컨?"

"…역시. 알고 있었구나. 쳇! 놀래켜 줄 생각이었는데."

아들의 투덜거림에 제튼이 가볍게 웃었다.

"내 수준이면, 마스터 정도는 범위 안에 들어와도 인지가 가능하니까. 이런 걸로 놀래 줄 생각은 안 하는 게 좋을 걸."

그 웃음이 얄미웠던지 카이든이 입술을 삐죽 내밀었다. 그러다 뭔가 생각난 듯, 제튼을 바라보며 물었다.

"그런데 혹시 브로이 선생님 실력이 어떻게 돼?"

"갑자기 그건 왜 궁금한데?"

"아니… 그냥. 단번에 내 실력을 들킨 것 같아서."

그제야 질문의 의도를 깨달았다.

"왜? 숨죽이기가 안 통해서 놀랐어?"

"…응. 솔직히 자신 있었는데, 케빈 형도 그렇고, 브로이 선생님도 그렇고. 둘 다 단번에 알아채더라. 쬐끔 자신감을 잃어버렸어. 쳇!"

숨죽이기란 오러를 숨기는 기술이었는데, 제튼이 가르쳐준 게 아닌 카이든 스스로 터득한 기예였다.

질문에 고개를 끄덕이는 카이든을 보며 제튼이 쓰게 웃었다.

'가르쳐 줄 걸 그랬나?'

굳이 그가 알고 있는 걸 가르치지 않은 건, 카이든의 숨죽이기가 생각 이상으로 뛰어났기 때문이었다.

'실제로 더 높은 실력자도 알아내기 어려울 정도니까.'

그럼에도 불구하고 카이든은 그 실력을 들켰다. 첫 번째는 케빈이고 두 번째는 브로이였다.

하지만 둘 다, 아주 특별한 경우라고 할 수 있었다.

카이든은 모르고 있었으나, 케빈은 그에게 직접 검술을 배웠다. 이 세상에서 제튼이 깨우친 것들만 가르쳤다고는 하나, 나름대로 그 정수가 모여 있는 게 케빈의 공부였다.

그리고 브로이의 경우는 다른 의미로 특별했다.

'보는 법. 그거 하나만큼은 제대로 배웠지.'

그것도 무려 천마에게 배운 것이었다.

〈실력이 없으면 눈이라도 좋아야지.〉

그런 이유로 대공의 기사들, 특히 그 중에서도 초기 멤버들은 유난히 '눈'이 좋았다.

'전쟁 중에도 마스터를 알아보던 눈이었으니.'

지금이야 더 말해 무엇 하겠는가.

"마스터 중급."

제튼이 카이든의 질문에 대한 답을 내줬다.

'게다가 실력도 더 뛰어난데, 모를 수가 없지.'

이제 막 경지에 오른 카이든과 케빈의 실력으로써는 그의 시선에서 벗어나는 건 무리였다.

마스터에 오른 시기는 두 아이와 비슷했으나, 그간 쌓였던 절망과 고통의 무게만큼 실력의 성장폭이 제법 컸다.

"솔직히 말해서 상대가 안 좋았어."

"안 좋다고?"

"그래. 브로이 플컨. 그 녀석, 예전에 내 밑에 있던 녀석이야."

"아빠 밑? 설마… 3대 기사단 출신이야?"

"뭐, 그렇긴 한데. 실제로는 3대 기사단보다 더 이전부터 내 밑에 있던 녀석이지."

"진짜?"

"다른 건 몰라도 보는 법은 제대로 익힌 놈이니까. 네 어설픈 숨죽이기로는 실력을 감추기가 어려울 걸."

"그런데 왜 그런 대단한 실력을 가지고서 신입생 담당이나 하고 있는 거지?"

대부분의 아카데미가 그러하듯, 신입생 담당교육은 일반적으로 실력이 떨어지는 이들이 맡는 분위기가 갖춰져 있었다.

실제로도 브로이의 대외적인 실력은 카이스테론 교직원 평균에 겨우 발만 올려놓은 수준에 맞춰진 상태였다.

'뭐… 어쩔 수 없었겠지.'

제튼은 브로이를 통해서 그의 사정을 직접 들었다.

파스카인 공작!

그의 존재로 인해 몸을 움츠리고 있는 상황이었다. 동기들이 아직까지 공작가에서 생활하는 것으로 보아, 여전히 그들의 연공법을 연구하고 있는 중이라고 판단한 것이다.

이런 상황에 연공법의 한계를 넘어섰다는 사실이 밝혀진다면? 모르긴 몰라도 공작의 관심을 사게 될 것이라는 건 분명했다.

그게 아니더라도 마스터는 특별한 존재였다.

'놓친 물고기가 더 크게 보이는 법이니까.'

파스카인 공작이라면 어떤 수를 써서라도 브로이를 손에 넣으려 할지도 몰랐다.

〈가족이 생기니까… 몸을 사리게 되더군요.〉

브로이의 이야기를 듣고 상당부분 공감할 수 있었다. 제튼 역시도 그와 같은 마음이지 않던가.

'완벽히 감출 수 있었다면 좋았을 것을…'

아쉽게도 브로이는 자신의 실력을 온전히 감추지 못했다.

'감출 수 없었다고 해야겠지.'

하필이면 그가 경지에 들어서는 순간, 이 모습을 지켜보던 사람이 있던 것이다.

세반 나르시안!

카이스테론 아카데미의 모든 것을 총괄하는 교장이 바로 그 주인공이었다.

그는 6서클의 대마법사로써 마도에도 한 발 걸치고 있을 정도로 뛰어난 실력자였다.

하필이면 브로이가 경지에 오르던 장소가 이곳 아카데미의 수련장이었고, 당시에 발생한 기운의 파장으로 인해 세반 교장이 움직이게 된 모양이었다.

마법처리가 되어있는 교직원 전용의 비밀 수련장이어서, 그 기운의 유동을 느낀 사람은 교장밖에 없었다는 게 그나마 다행인 사항이었다.

이 덕분에 비밀을 지키고자, 아카데미 내의 소소한 일처리를 해 주고는 했는데, 이번 아카데미 교류전에 다녀온 것도 그런 일처리의 연장이었다.

표면적으로는 함께했던 졸업반 학생들의 인솔 및 각종 잡무처리로 움직였다고 알고 있었으나, 실질적으로는 호위임무로써 움직인 것이었다.

〈뭐, 덕분에 월급 말고도 부수적으로 들어오는 돈이 많아서, 나쁘지는 않게 생각하고 있습니다.〉

그러면서 미소 짓던 브로이의 모습에 제튼 역시도 웃을 수 있었다.

"그런 실력이라면 한 자리 제대로 차지할 수 있을 텐데."

여전히 의아하다는 얼굴로 중얼거리는 카이든의 모습에, 제튼이 실소와 함께 상념을 접으며 입을 열었다.

"뭐, 어른의 사정이라는 게 있는 거니까. 괜히 쓸데없는 일로 브로이 귀찮게 하지 마라. 알았지?"

"쳇! 나중에 따로 추천서 한 번 써줄까 생각했는데, 역시 그건 좀 아니겠지?"

"그래. 그리고 그 정도 되는 실력자가 조용히 있는 건, 다 그만한 이유가 있어서 아니겠냐. 괜히 거든다고 찔렀다가는 피만 보는 거다. 괜한 짓 말고 가만히 두는 게 제일이야."

제튼의 거듭되는 경고에 카이든이 알았다는 듯 고개를 끄덕여 보였다. 그러며 자연스레 화젯거리를 옮겨갔다.

"그런데 오르카 선생님 표정이 별로 안 좋던데. 아빠 때문이야?"

"…흠. 흐흠!"

질문에 답이 들어있던 까닭인지, 제튼이 헛기침을 하며 슬쩍 시선을 피했다. 그 모습에 카이든이 입술을 삐죽 내밀며 제튼을 노려봤다.

황제와 여전히 데면데면한 탓일까?

유독 오르카에게 기대는 면이 컸고, 그런 까닭인지 오르카가 모친의 자리를 대신하는 면이 상당부분 있었다.

'엄마 대신이라는 거겠지.'

그런 이유로 카이든의 눈빛에는 이런 감정들의 여운이 듬뿍 담겨있었다. 지속되는 아이의 불만어린 시선에 제튼이 슬쩍 입을 열었다.

"뭐, 조금 복잡한 일이 좀. 흠흠!"

하지만 여전히 불분명한 대답만 흘러나왔고, 이는 아이의 반감을 사기에 충분했다. 한층 강렬해진 눈빛에 제튼이 쓰게 웃었다.

'오르카가 화를 내는 이유라….'

카이든이 화를 내는 것과 같은 이유였다.

'제자를 너무 아끼기 때문이겠지.'

때문에 '그들'을 불러들이는 것을 이해하지 못하는 것이리라.

'어쩔 수 없잖아.'

다시금 전쟁이 일어날지도 모르는 상황이었다. 그가 직접 움직이는 게 최선이겠으나, 안타깝게도 그럴 마음이 없으니 차선을 선택하는 것이다.

그가 움직이지 않으면 안 되는 상황이라면 모르겠으나, 그 정도로 급박하다고 여기지는 않았다.

'정말 문제가 커지면, 그 때는 움직이겠지만, 지레짐작만 가지고 나서기는 싫으니까.'

20년의 인생을 빼앗긴 채, 양 손 가득 피를 묻혀왔다. 어쩌면 이런 경험으로 인해서 전쟁을 피하고 싶은 마음이 제법 작용한 것일지도 몰랐다.

'그렇다고는 해도, 솔직히 이젠 내가 나설 필요가 없잖아.'

제국이 세워진지도 어느새 십여년의 세월이 흘렀다. 그

동안 불안정하던 정세도 바로 잡았고, 뛰어난 인재들도 여럿 성장하여 제자리를 잡고 있었다.

진정으로 제국다운 면모를 갖춘 것이다.

'새로운 시대니까.'

게다가 어느새 그의 나이도 40대 중반을 넘어 50대를 바라보고 있었다.

'이제는 젊은 층에게 맡겨야지.'

거기까지 생각하던 제튼의 머릿속으로 파스카인 공작의 얼굴이 떠올랐다.

'그 아저씨는 좀 적당히 해먹어야지.'

절로 고개가 저어지는 인사였다. 50대를 훌쩍 넘긴 공작의 아들이 아직까지 후계자 소리만 듣고 있는 걸 보면, 참으로 가관이라고 해야 할까?

여전히 불만어린 카이든의 시선을 느낀 까닭일까? 제튼이 변명하듯 한마디를 툭 던졌다.

"어른의 사정이란 게 있는 거다."

물론, 여전히 만족스런 대답은 아니었다.

"할 말만 없으면 어른의 사정이래. 쳇!"

아이의 투덜거림은 한 귀로 흘러 넘기며, 슬쩍 저 먼 하늘로 시선을 올려 보냈다. 그러면서 오르카를 통해 불러들일 이들을 떠올렸다.

'그 놈들이라면….'

충분히 카이든에게 큰 힘이 되어줄 수 있을 것이라고 여
겼다.

◈

십여 년 전 대륙의 모든 귀한 이들이 두려워하던 존재가
있었다.

〈어둠이 눈웃음 칠 때, 그대 피눈물을 흘릴 것이다.〉

귀족들로 하여금 밤을 두렵게 만들던 내용이었다. 초승
달이 뜨던 날 밤이면, 어김없이 고귀한 핏줄이 하나씩 사
라졌기 때문이었다.

암살왕!

그 이름만으로도 치가 떨리는 이 존재는 귀족들에게는
그야말로 두려움의 화신과도 같은 자였다.

특히, 제국전쟁으로 한참 대륙이 어지럽던 무렵, 그의
손에 명을 달리한 명문 귀족들의 수만 해도 두 자릿수를
넘어갈 정도였으니, 귀족들의 천적이라고도 불리는 게 이
상하지 않을 수준이었다.

물론, 귀족들도 그를 잡고자 움직이기는 했다. 하지만
안타깝게도 그런 마음을 지녔던 이들은 매번 어둠의 방문
을 받았고, 더 이상 태양을 볼 수 없었다.

당연하게도 그를 적대시하는 귀족들이 줄어들었고, 자

연스레 그를 따르는 이들이 생겨났다.

하지만 그는 결코 무리를 짓지 않았다. 마치 한 마리 고독한 늑대처럼 홀로 움직일 뿐이었다. 때문에 그가 어디에 있는지 무엇을 하는지, 이에 대해서 자세히 아는 이들은 없었다.

게다가 십여년 전을 기점으로 활동을 멈춤으로써, 그를 찾아내기도 어렵게 되어버렸다.

시간의 흐름에 먹혀버렸다고 해야 할까?

십여년이 흐른 이제는 점차적으로 그를 향한 시선도 줄어들며, 어느새 뇌리에서까지 잊혀져가고 있는 중이었다.

그런 때에,

"후우…."

암살왕의 거처로 한 통의 편지가 날아들었다.

"이제 와서 무슨… 쯧!"

눈살을 찌푸리던 그가 편지를 품 안에 갈무리했다. 다가오는 인기척을 느낀 까닭이었다.

"어~이. 딜럭 오늘 고기 괜찮은 거 있지?"

손님이 온 것이다. 접대용 미소를 한껏 띠우며, 암살왕 딜럭이 손님을 맞이했다.

"하핫! 물론이죠. 그런데 뭐 좋은 일이라도 있으십니까?"

"우리 마누라가 이번에 다섯째를 임신했더라고. 크하핫! 뜨끈한 쐬고기 좀 먹여 줄라고."

정육점 주인 딜럭은 축하의 의미로 고기를 한껏 썰어줬다. 이후로도 마치 그 순간의 연장인 듯, 이날 정육점의 고기는 과할 정도로 빠르게 정리가 됐다.

그리고 그날 저녁,

정육점의 대문에는 임시 휴업이라는 팻말이 걸렸다.

❖

제튼이 수도를 다녀오고 한 달이 다 되어가던 무렵, 사반트로부터 한 통의 편지가 도착했다.

'역시 거기에 있었나.'

그 안에는 딜럭에게 연락이 닿았다는 내용이 적혀 있었다. 가장 은밀해야 할 암살자가 첫 번째라는 게 의아할 수도 있었으나, 딜럭의 과거를 알고 있는 제튼에게는 결코 의외의 상황이 아니었다.

물론, 사반트에게는 딜럭의 정체를 밝히지는 않았다. 암살자의 정체는 되도록이면 비밀로 해 놓는 게 좋기 때문이었다.

〈전쟁이 끝나면 뭐 할래?〉

언제고 천마가 물은 적이 있었다.

〈…가업을 물려받을 생각입니다.〉

이 부분에서 제튼은 그를 인상 깊게 봤었다.

'결국, 가업을 물려받았구나.'

편지를 다 읽은 제튼의 입가에 씁쓸한 미소가 그려졌다. 그도 그럴게 딜럭에게는 물려받을 가업이라는 게 없는 까닭이었다.

딜럭의 부친은 정육점을 했다. 하지만 안타깝게도 딜럭에게 그 기술이 전해지는 일은 없었다. 그의 어린 시절, 영주의 횡포로 인해 젊은 나이에 세상을 떠나버린 까닭이었다.

그 복수를 위해 칼을 들었고, 천마와 만났으며, 암살자의 비의를 전수받았다.

그리고 제국 전쟁이 발발하던 초반에, 이미 그 복수를 달성할 수 있었다. 하지만 천마에게 받은 것이 있는 까닭에, 그 전쟁의 끝까지 발을 담가야만 했다.

하지만 복수를 마치던 시점에서 이미 그의 불꽃은 사그라져 있었다.

'덕분에 암살자의 비기를 완성하는데 큰 도움이 됐지.'

식어버린 감정이 오히려 암살자의 침착함으로 이어진 것이다. 그러나 이미 마음이 정리되어버린 까닭일까? 전쟁이 끝나기가 무섭게 자취를 감춰 버렸다.

하지만 그가 어디에서 뭘 하고 있을지 정도는 충분히 짐작이 가능했다.

가업을 물려받는다고 했기에, 정육점까지도 충분히 예상할 수 있었다.

'고향에서 할 확률이 높다고 생각했는데, 정말로 그럴 줄이야.'

그의 정확한 고향이 어디인지는 모른다. 하지만 대략적인 지방은 알고 있었고, 이를 토대로 사반트가 움직인 것이다.

사실, 딜럭을 불러들이는 부분에서 많은 고민을 했다.

암살자라는 직업의 특성상 공식적으로 알려지는 않았으나, 어쨌든 딜럭은 은퇴를 한 상황이지 않던가. 때문에 많은 갈등이 있었다.

하지만 결국 그를 불러들이기로 결심했다. 카이든을 위해 '욕심'을 부린 것이다.

'배울게 많으니까.'

딜럭을 통해 '은신'을 익히게 할 생각이었다. 그가 천마에게 비기를 배웠다고는 하나, 저쪽 세상의 기공을 가르친건 아니었다.

'실제로 오러의 양은 마졸 중에서도 가장 형편없었으니까.'

단지, 좀 더 숨을 죽일 줄 알았고, 좀 더 감출 줄 알았으며, 좀 더 볼 줄 알았다.

그야말로 순수한 암살자였다. 그에게 따로 연공법을 전

수하지 않은 이유는 별 거 없었다.

〈그게 더 재밌을 것 같으니까.〉

천마의 변덕이었다. 순수하게 암살자로써의 재능을 보고 이것을 키우고자 한 것이다. 물론, 그게 이유의 전부는 아니었다.

〈게다가 다시 시작하기에는 너무 늦었어.〉

복수를 하고자 일찌감치 칼을 잡고 전장으로 뛰어들었는데, 이 와중에 우연찮게 연공법을 익혀버린 것이다. 겨우 삼류 수준의 연공법이었으나 이를 익힌 시간이 너무 길었다.

무려 이십년이 넘도록 익힌 탓에 완전히 몸에 배어버린 것이다. 그 긴 시간을 꾸준히 연공한 덕분인지, 삼류의 것으로 상당량의 오러가 쌓였다는 게 그나마 위안거리였었다.

'뭐… 다시 시작한다는 게 전혀 불가능한 건 아니었지만.'

천마는 그냥 밀어붙였다.

〈이게 더 재밌으니까.〉

제멋대로라고 해도 할 수 없었다.

'원래 그런 놈이니.'

은퇴를 결심한 만큼, 그에게 다시 암살을 시킬 생각은 없었다. 하지만 그를 통해서 높은 수준의 은신을 보여주고 싶었고, 배우게 하고 싶었다.

'딜럭과 함께한다면, 충분히 숨죽이기를 완성시킬 수 있겠지.'

그거면 충분했다.

'은퇴한 녀석을 다시 부른다는 것도 미안할 지경이니까.'

솔직히 그가 오지 않는다고 해도 상관은 없었다. 그저 혹시나 하는 마음으로 편지를 보내 본 것이었다.

제튼의 머릿속으로 아직도 왕성히 활동 중인 마졸들이 떠올랐다.

'딜럭 말고는 전부 현역이지.'

간간히 귀에 들리는 소문만 들어봐도 화려하게 활약 중이었다.

그 때문에 더욱 찾기가 어려울 거라 짐작했다. 지금 이 순간에도 골머리를 앓고 있을 사반트를 생각하니, 슬쩍 미안한 마음이 생겨났다.

"그나저나…."

제튼의 시선이 옆으로 돌아갔다.

"끄응… 끙……."

저 한편에 웅크린 채 앓는 소리를 내고 있는 쿠너의 모습이 보였다. 왠지 짠한 그 모습을 보고 있노라니, 괜히 실소가 나왔다. 너무 어울리는 포즈라서 그럴까?

"남의 방에 들어와서 뭐 하나?"

아카데미 내에 마련된 제튼의 개인실. 지금 그들이 있는 장소였다.

제튼이 한참 편지를 보며 상념에 잠겨 있을 때, 슬그머니 들어온 쿠너가 개인실 구석 자리에 꽈리를 튼 것이다.

날아든 물음에 쿠너가 왠지 애처로운 표정으로 그를 돌아봤다. 괜히 말을 걸었나 싶을 정도로 짠한 표정이었다.

"저… 큰일났습니다."

언뜻 울먹이는 것 같은 음성으로 쿠너가 입을 열었다.

"뭐가 큰일인데?"

"파견이랍니다."

"그게 뭐냐?"

"아카데미간 교환 교사에 제가 뽑혔답니다."

교환? 파견?

"무슨 소리를 하는 거야?"

이해할 수 없는 이야기에 제튼이 눈살을 찌푸렸다.

"아카데미 교류전이라고 아세요?"

쿠너의 질문에 제튼이 딱 봐도 모른다는 표정으로 쳐다봤다. 이 반응에 쿠너가 한숨을 푸욱 내쉬었다.

"그래도 아카데미에서 일하시는 분이, 몰라도 너무 모르시는 거 아닙니까?"

"애초에 나는 농사만 짓고 살 생각이었어."

"그렇다고 농부가 꿈이었던 건 아니잖아요."

"교사도 꿈은 아니었다."

"끄응… 정말, 너무하시네요."

"그런 식으로 말대답하다간 주둥이가 아플 수도 있지."

제튼이 주먹을 살짝 쥐었다가 폈다. 쿠너가 입술을 삐죽 내밀며 시선을 피하면서 화젯거리도 함께 옮겼다.

"그러니까 그… 교류전이란 건, 3년마다 각 왕국을 대표하는 아카데미들이 모여서 각자의 공부들을 나누는 걸 이야기하는 겁니다."

매번 국가를 옮겨가며 교류전이 열리는데, 이번에는 북부대륙의 세튼 왕국에 위치한 메모룬 아카데미에서 개최됐다.

"제국에서는 카이스테론 아카데미가 참가했었습니다."

"귀족 아카데미는 뭐하고?"

"그쪽에서도 따로 참가를 했다고 하더라고요."

"대놓고 따로 노는구나."

"뭐, 그렇죠."

"그래서 언제 본론으로 들어갈 건데."

"이제 설명하려고 하잖습니까."

그러면서 슬쩍 눈을 흘기는데, 제튼이 주먹을 가볍게 쥐락펴락 하니 빠르게 제자리로 돌아갔다.

"선생님도 아시다시피 대륙에는 많은 수의 아카데미가 존재합니다."

"그런가?"

모르겠다는 표정이었다. 잠시 움찔했던 쿠너가 애써 침착함을 유지하며 이야기를 이어나갔다.

"그… 그렇게 많은 수의 아카데미가 있지만, 아주 재미있는 건, 그 많은 수의 아카데미를 합친 것만큼의 숫자가 저희 제국 내에 존재한다는 겁니다."

제국 아카데미 사업의 성과였다. 대부분은 왕국 내에 3~4개 정도의 아카데미가 존재하는 게 보통이었다. 하지만 제국의 경우에는 한 지방에 그 정도의 숫자가 세워져 있었다. 그 숫자가 충분히 대륙의 아카데미와 견줄만 했다.

"뒤늦게 다른 왕국도 아카데미 숫자를 늘리고 있지만, 여전히 제국의 아카데미 숫자는 압도적이지요."

카이스테론 아카데미는 그런 부분에 시선을 뒀다.

"이번에… 저희들 제국 자체적인 교류전을 가지는 건 어떻겠냐는 의견이 오갔습니다."

그 순간 제튼의 머릿속으로 대략적인 흐름이 이해가 됐다.

"흠… 그런 거였군. 네 파견이라는 건, 그 교류전과 관련된 거구나."

"예. 아카데미 내에서 각 학부마다 한 명씩, 직접 교직원이 파견을 나가 배우는 거죠."

131

"쉽지가 않을 텐데?"

"예. 여러모로 말썽이 있었죠."

귀족 아카데미는 이 계획에 동참하지 않는단 점이라던가, 그 많은 아카데미들이 서로 인원교환을 한다는 것 등, 여러모로 문젯거리가 많을 수밖에 없었다.

"아무래도 귀족 아카데미는 함께 하기가 어려워서, 그들과는 함께 하지 않기로 했어요."

"그럴수록 더 고립되기만 할 것을… 쯧!"

동감한다는 듯 쿠너가 고개를 끄덕였다.

"그리고 원래는 교환학생이란 방식으로 교류전을 하려고 했는데, 그렇게 하기에는 아직 무리가 있다고 판단을 내려서, 선생님들만 직접 움직이는 걸로 합의를 봤습니다."

고개를 끄덕이던 제튼이 슬쩍 질문을 던졌다.

"어째서 나는 그런 걸 전혀 모르고 있었을까?"

"그거야 정시 출근에 칼 퇴근을 하시니까요."

게다가 각 지방의 대표라 할 법한 아카데미의 교장들만 따로 자리를 마련하여 이야기가 오갔다.

쿠너 역시도 지난 주말에 소식을 접했고, 오늘에 이르러서야 교환 교사의 결과를 알게 된 것이다. 그나마도 아직 아카데미 전체에는 알려지지 않은 사항이었다.

"파견이라… 어디로 가서 얼마나 있다가 오는 건데?"

"카이스테론 아카데미로 간다던데요. 기간은… 아직 미정이에요."

"…너무 차이가 큰데."

분명, 테룬 아카데미는 뛰어난 교육시설이었다. 루마니언 지방뿐만 아니라, 인근 지방에도 제법 이름값을 알릴 정도로, 이곳의 교육은 그 수준이 높았다.

하지만 그럼에도 불구하고 카이스테론 아카데미와는 그 격차가 너무 컸다.

"그런 엄청난 아카데미와 교환 교사라고?"

"수도와 지방 아카데미간의 교류에 중점을 두자는 게 이번 교류전의 목표라서요."

"그래도… 카이스테론은 너무 엄청난데."

"사실, 그것 때문에 미치겠습니다."

쿠너의 표정에서 뭔가가 있다는 게 느껴졌다.

"아는 거라도 있어?"

"그게… 아무래도 베르마인 후작가에서 손을 쓴 것 같아요."

"베르마인이라면… 마이얀?"

"예."

"그렇게 생각하는 이유가 있겠지?"

"마이얀 영애가 지난번에 이상한 소리를 했던 게 걸려서요."

133

언제나처럼 쿠너의 뒤를 따르며 그를 난처하게 만들던 마이얀이, 문득 의미심장한 미소와 함께 내뱉었던 말이 가슴에 걸렸다.

〈혹시, 카이스테론 아카데미처럼 이름난 곳에서 일할 생각은 없으신가요?〉

고향이 좋다며, 적당히 응수하고 넘어갔었는데, 이번 사태를 격고 나자 당시의 대화가 유달리 머리에 맴돌았다.

"확실하네."

제튼이 고개를 끄덕이며 말했다.

"후작가에서 손을 쓴 모양이다."

그가 본 마이얀의 성격이라면 충분히 가능했다.

'베르마인 후작도 인재 욕심이 많은 자였으니까.'

딸아이의 요청에 응해서 교류전에 작은 수작을 부렸을지도 몰랐다.

"그런데, 이번 교류전은 누가 계획한 거냐?"

"카이스테론 아카데미의 교장이신 세반님이 주최하셨다고 하던데요."

제튼이 고개를 끄덕여보였다.

'그라면 충분히 가능하겠지.'

테른 아카데미의 아스트 교장 못지않은 교육의 혁명가였다.

"끄응… 미치겠습니다. 레이나 선생님께 어필을 해도

부족할 판국에, 자꾸 이렇게 말썽만 생겨서 돌아버리겠습니다. 선생님, 좀 도와주십시오."

"내가 무슨 힘이 있다고 도와."

쿠너가 눈을 번쩍이며 말했다.

"간단합니다. 저 대신 선생님이 가신다고… 꿱!"

결국 제튼의 주먹이 움직였다. 별이 반짝인다고 느낀 순간 이미 쿠너의 육신은 바닥에 누워 있었다.

흔들리는 시야 너머로 천장을 확인하고 나서야 자신이 잠시 기절했었다는 걸 깨달았다. 마스터에 이른 그의 실력이 허무할 만큼, 너무도 쉽게 제압당해 버린 것이다.

'역시 선생님은 대단해… 커흐으윽!'

정신이 돌아오며 강렬한 충격도 뒤따랐다. 슬쩍 이마를 만져보니 주먹만 한 혹이 느껴졌다.

"으음…! 말로 하시지."

"어째? 또 때려줘?"

단번에 쿠너를 합죽이로 만든 제튼이, 시선을 창밖으로 던지며 말했다.

"이참에 너도 다녀 와."

무슨 말이냐는 얼굴로 쿠너가 그를 바라봤다.

"너도 이참에 우물 밖 구경 좀 하고 오라고."

"끄응…."

쿠너가 앓는 소리를 내며 다시 구석으로 찌그러졌다.

지끈거리는 머리의 두통은 결코 전날의 과음과는 관계가 없었다.

'아니… 조금은 관계있으려나.'

전날 밤, 사반트는 오랜만에 짙은 짜증을 느끼며 과음을 넘어 폭주를 했었다. 그도 그렇게 최근 그에게 들어온 의뢰가 너무 황당한 내용이었기 때문이다.

'정말, 대공만 아니었으면. 아오!'

그렇잖아도 산적 같은 외모가 한층 더 험악하게 구겨지며, 삭막한 분위기를 물씬 풍겨냈다. 숙취로 그늘진 안색과 너무도 잘 어울렸다.

보고서들을 읽어나가던 그가 의자 깊숙이 몸을 묻으며 눈을 감았다. 그의 육중한 덩치에 의자가 비명소리를 내질렀다.

"젠장. 결국 딜럭이라는 작자만 연락이 닿은 건가."

짜증이 확 치밀었다.

"하나같이 거물들이라서 접근하는 것 자체도 쉽지가 않네. 쯧!"

몇몇의 행적은 파악이 불가능했다. 제튼에게 받은 정보로는 어디어디쯤에 있을 거라고 되어 있었는데, 간혹 그 '어디어디'가 한 지방으로 한정되어 있지 않은 경우도 있었다.

상황이 이렇다 보니, 지금의 이 두통이 숙취인지 아닌지 헷갈릴 수밖에 없는 것이다.

가만히 눈을 감은 채 의자의 비명소리를 흘려보내던 그가, 몸을 일으키며 잠시 한쪽으로 밀어놨던 보고서로 시선을 보냈다.

"딜럭이라⋯."

별 볼일 없어 보이는 인물이었다. 하지만 의뢰를 한 대상이 브라만 대공이니 만큼, 무시할 수 없는 존재일 것 같았다.

특히, 다른 인물들이 워낙 거물이다 보니, 딜럭이란 자에게도 뭔가가 있을 거라고 여겨졌다.

다른 거물들과 관련된 보고서들로 시선이 갔다.

"이 인물들이 전부 대공과 관련이 있었단 말이지."

왠지 제국 전쟁에 숨겨진 비밀을 훔쳐보는 기분이었다.

"정말, 다방면에 걸쳐서 손을 썼었구나."

새삼 대공의 대단함을 깨달았다. 동시에 그의 별명을 재차 실감했다.

"마왕이라⋯."

맞는 말이었다. 거물들의 정체를 보고 있노라면, 제국 전쟁 중에 어떠한 수작질이 펼쳐졌을지 충분히 짐작 가능했다.

"슬슬 연락이 닿아야 할 텐데."

그렇지 않으면 대공에게 당하기 전에 오르카가 먼저 쳐들어올지도 몰랐다.

상상만으로도 몸이 떨렸다.

뿌직! 쿵!

"커헉!"

격한 진동에 결국 의자가 박살나 버렸다. 뒤로 벌러덩 넘어간 그가 앓는 소리를 뱉어내며 이마를 짚었다.

"끄응… 가지가지하네 정말."

급격하게 술이 땡겼다.

◈

제국 전쟁의 여파로 몬스터라 불리는 산의 파괴자들이 대륙 외곽으로 쫓겨나버린 이 시대, 산에는 새로운 통치자들이 등장했으니, 그들이 바로 산적이라 불리는 이들이었다.

그 이전부터 이미 존재해 왔으나, 몬스터들의 영역관리로 인해 제대로 된 활동을 하기가 어려웠었다. 소규모 움직임 정도만이 그들의 활동 전부였다.

하지만 더 이상 몬스터의 위협은 존재하지 않았다. 이를 통해서 급격히 성장한 덕분일까? 이제는 그들 나름의 무리와 체계를 갖추면서, 몬스터 무리가 등장하더라도 충분히 대응 가능한 규모가 되어 있었다.

팔룬 블락!

산적왕 또는 산왕이라고 불리는 이의 활약으로 인한 결과물이었다.

몬스터가 빠져나간 산에 둥지를 틀고, 곳곳에 존재하는 소규모의 산적들을 통합했다. 거기에 더해 화전민들을 받아들여 그들과 공조하는 등, 나름의 조직체계도 완성시켰다.

과거의 산적들로써는 꿈도 꾸기 어려울 만큼 광대한 규모는 마치 왕국과도 같았다. 때문에 그를 산적들의 왕이라 부르며, 최고위의 대우를 해 주고 있었다.

대륙에 존재하는 수많은 산과 그곳에 터를 잡은 다양한 명칭의 산적들!

이런 이들의 정점에 있는 존재가 바로 산적왕 팔룬인 것이다.

당연하게도 그와 만난다는 건, 결코 쉬운 일이 아니었다. 애초에 그를 만나려고 하는 생각 자체가 위험한 생각이었다. 하지만 그럼에도 불구하고 그를 찾는 사람들이 존재했다.

"주구장창 산적토벌을 지껄여대는 귀족놈들이나, 내 밑에서 거드름 피우려는 돼먹잖은 산도적 놈들, 아니면 어떻게든 비벼보려고 찾아오는 비리비리한 화전민들까지. 뭐 다양한 놈들이 있지."

누가 봐도 산적이라는 느낌이 물씬 풍기는 사내가 그리 중얼거리며 전방의 대머리 사내를 바라봤다. 상처로 그득한 얼굴 때문인지 그냥 쳐다보는 것만으로도 위압감이 느껴졌다.

시선을 받은 대머리 사내는 침을 꿀꺽 삼키며 슬쩍 고개를 숙였다. 차마 그 눈빛을 감당할 자신이 없던 까닭이었다.

'역시… 산적왕!'

어쩌면 오늘이 그의 마지막 날이 될지도 모른다는 불안감이 엄습했다.

'젠장 맞을 돼지새끼!'

그를 이곳에 보낸 길드장 사반트의 얼굴이 떠올랐다. 내심 그에게 저주의 폭언을 퍼붓고 있을 때, 산적왕 팔룬의 질문이 날아들었다.

"너를 보낸 게, 돼지 고양이라고 했냐?"

"그… 그렇습니다."

"이 편지도 그놈이 주라고 했고?"

"…예."

그 순간 팔룬의 입 꼬리가 위로 올라갔다. 웃고 있는 것 같았는데, 왠지 그 흉악함은 더욱 강렬해진 느낌이었다.

"나 까막눈인 건 알고서 이딴 걸 보낸 거냐?"

순간 한 대 맞은 것처럼 골이 울렸다.

'이런, 미친!'

목구멍까지 솟구친 욕지거리를 애써 삼켜냈다.

'산이란 산은 다 뒤져가면서 힘들게 찾아왔더니. 썅!'

무덤자리 알아보러 다닌 꼴이지 않는가.

"하긴, 알려질 일은 없었으려나. 이딴 걸 가져온 놈들 중에서 살아나간 놈이 없으니까."

방광에 힘이 풀릴 것 같은 이야기였다.

이런 기분을 아는지 모르는지, 팔룬은 태연한 신색으로 편지를 개봉하고 있었다.

'까막눈이라며?'

왜 편지를 여는 것일까?

"기대해. 글자 수만큼 토막을 내 줄게."

아찔한 이야기에 살짝 방광에 힘이 풀렸다.

'젠장!'

결국 지려버렸다.

"어라?"

애써 방광에 힘을 다잡고 있는데, 팔룬의 표정이 기괴하게 변하는 것이 아닌가.

"이건 또 뭐야?"

괜히 불안해진 대머리사내가 항문에 힘을 빡 주며 팔룬을 바라봤다.

"큭!"

순간 터져 나온 실소가 불안감을 조성했다.

"운 좋네."

무슨 소리일까? 의문을 품고 바라보자, 팔룬이 그를 향해 질문을 던졌다.

"편지를 열어본 적이 없나 보네."

당연한 일이었다. 어쨌든 사반트는 그들 조직의 리더였고, 그런 이가 직접 지시한 일이 아니던가. 결코 허투루 대할 생각은 없었다.

"홀쭉아."

팔룬이 옆에서 대기 중인 얍실한 체형의 사내를 불렀다. 그러자 사내가 딱딱한 음성으로 대답했다.

"제 이름은 홀쭉이가 아니라, 푸르멜입니다."

"그래. 그래. 홀쭉아."

"후… 왜 그러십니까?"

"저 놈 살려 보내."

그 말에 푸르멜을 비롯한, 주변에 시립해 있던 다른 산적 수뇌들이 일제히 동공을 키웠다. 그도 그렇게 지금껏 편지와 같은 문자를 들고 온 이들 중, 살아 나간 이들은 한 명도 없었기 때문이었다.

이곳에서 생을 다하는 것! 그들에게 허락된 선택지는 오로지 그것뿐이었다.

죽거나 아니면 이곳에서 평생 살거나.

때문에 이번에도 이 두 개의 선택지 중 하나일거라고 생각했었다. 하지만 막상 팔룬의 입이 열리고 나온 대답은 의외의 것이었다.

"이유가 뭡니까?"

모든 이들의 궁금증을 대변하듯, 푸르멜이 질문을 던졌다.

"쯧! 두목이 시켰으면, 그대로 따를 줄 좀 알아라."

그리 말하며 팔룬이 노려봤으나, 푸르멜은 이를 피하지 않았다. 정면으로 마주하다 못 해, 오히려 인상마저 굳히고 있었다.

"끄응… 상전을 모시고 사는구만. 쯧!"

투덜거린 팔룬이 편지를 푸르멜에게 건넸다. 순간 푸르멜의 눈에 빛이 들어왔다.

"이건….."

"그래. 보는 그대로다."

"글자가… 없군요."

편지에는 황당하게도 문자 대신 그림이 그려져 있었다. 하지만 납득하기에는 부족한 이유였다. 푸르멜의 시선이 재차 팔룬에게로 향했다. 다른 산적들 역시 마찬가지였다.

"쯧! 너무 많은 건 묻지 마라."

짧게 혀를 차면서 대답을 회피하는 모습이 뭔가 어색했다.

"여기 그려진 그림… 문양과 관계있는 겁니까?"

푸르멜의 물음에 팔룬이 재차 혀를 찼다.

"쓸데없이 눈치만 좋아가지고는."

불퉁한 모습으로 고개를 휙 하니 돌려버리는 팔룬의 모습에 대략적인 짐작을 할 수 있었다.

'그…인가.'

산왕의 주변인물 중, 초기부터 함께 했다고 할 수 있는 게 바로 푸르멜이었다. 그런 만큼 팔룬의 과거가 어떠했는지도 작게나마 아는 게 있었다.

'브라만 대공!'

자연스레 그의 시선이 대머리사내에게로 향했다.

"그렇군요. 이자는 보내야겠습니다."

대공의 사자라면 건드릴 수 없었다. 안도의 한숨을 내쉬는 대머리사내의 모습에 팔룬이 씨익 웃으며 말했다.

"그래도 곱게 보낼 수는 없지."

이건 또 무슨 소리란 말인가?

"넌 너무 많은 걸 알아버렸어."

이해할 수 없는 이야기가 이어졌다.

"내가 까막눈이라는 걸 잊을 정도만 맞자."

'아…?'

팔룬이 자리에서 일어나 다가오는 게 보였다. 대머리사내의 동공이 급속도로 흔들리는가 싶더니, 힘겹게 버텨오

144 · 마귀돌돌7

던 방광이 문을 열었다.

'아…!'

묘한 해방감에 눈물이 나왔다.

◈

딜럭의 소식을 받고 일주일이 더 지났을 무렵, 새로운 편지가 도착했다.

"두 번째가 산왕이라니. 예상외라고 해야 하려나."

솔직하게 팔룬과 연락이 닿는 건, 세 번째나 네 번째 정도로 생각하고 있었다.

"붉은 용이나 서리왕이 먼저라고 생각했는데."

수많은 산이 있고, 그만큼의 산채가 존재한다. 그 중에 한 곳을 뽑아야 하는 만큼, 산왕의 거처를 찾는 건 쉽지가 않았다.

그나마 규모를 두고 측정할 수 있기에, 그 숫자가 대폭 감소하기는 했다. 하지만 그래도 충분히 두 자릿수가 넘어갔고, 산의 지형이나 위치 등을 생각한다면, 이 정도 시간에 찾는다는 건 행운이 따랐다고 할 수 있었다.

"사반트 녀석이 좀 더 제대로 움직인다면, 확실히 대단한 정보길드가 만들어질 텐데."

생각보다 소심한 구석이 있는 까닭에, 지금 이상의 규모로 키우는 건 무리라고 여겨졌다.

'생긴 것처럼 안 논단 말이지.'

가볍게 실소한 제튼이 편지를 쥔 채 손가락을 비볐다. 그러자 거짓말처럼 편지가 부서져 내리더니 가루가 되어 흩어지는 게 아닌가.

"이제 남은 건 다섯인가."

딜럭이나 팔룬 못지않은 거물들의 존재가 머릿속에 떠올랐다.

사막의 붉은 용, 북방의 서리왕, 초원의 궁귀, 바다의 학살자.

'이 녀석들까지는 그래도 어떻게든 찾아낼 수 있겠지.'

어쨌든 그들 각자가 한 무리의 수장들인 만큼, 머무는 장소가 한정되어 있기 때문이었다.

하지만 단 한명, 찾아낼 확률이 희박한 존재가 떠올랐다.

'무기력자.'

암살왕 딜럭과 마찬가지로 개인으로써 활동하는 자로써, 그 유명세는 모든 마졸들 중에서도 단연 최하위였다.

'아니… 애초에 아는 사람이 있을지도 모르겠네.'

마지막에 뽑힌 마졸로써, 언제나처럼 천마의 못 된 버릇으로 선택된 인물이었다.

〈저 놈 왠지 재밌겠는데.〉

사실, 제튼 역시도 동감하는 부분이었다.

무기력자라는 명칭에서도 알 수 있듯이, 그는 딱 봐도 힘이 없어 보이는 비실한 외형의 소유자였다. 실제로 근력도 부족해서 검을 들기만 해도 이미 체력의 절반은 소모될 정도로 가관이었다.

그럼에도 불구하고 재능이 있었다. 때문에 천마가 가르친 것이다. 하지만 그는 제국전쟁에서 쓰이질 않았다. 이유는 간단했다.

이미 전쟁은 중반을 넘어 막바지에 들어서고 있었고, 무기력자 역시도 피에 대한 거부감이 컸던 까닭이었다.

'게을러서 제대로 써먹기도 어려웠지.'

하지만 그가 지니고 있는 '재능'은 분명 카이든에게 큰 도움이 될 거라고 여겼다.

"으음… 어디에 있으려나."

자유기사로 활동하는 것 정도는 알고 있으나, 대륙 곳곳을 떠돌아다니는 자유기사의 특성으로 인해, 가장 찾기 어려운 존재였다.

게다가 다른 마졸들과 달리 이렇다 할 명성도 없는 까닭에, 사반트에게 건네 준 정보도 상당히 미흡했다.

"뭐… 못 찾으면 어쩔 수 없는 거고."

솔직히 마졸들에게 연락을 넣기는 했으나, 각자의 지위와 역할들이 있는 까닭에, 그 절반만 응해도 다행이라 생각하고 있었다.

"그나저나…."

제튼의 시선이 한쪽으로 돌아갔다. 저 한편에서 환한 얼굴로 달려오는 쿠너의 얼굴이 보였다.

'쓸데없이 밝네.'

그 상큼한 미소를 보고 있자니 괜히 주먹에 힘이 들어갔다.

빠악!

"꺼흐으윽!"

"…아!"

치고 난 뒤에야 아차 싶었는지, 제튼은 급히 주먹을 거두면서 쿠너를 살폈다.

급작스런 고통에 눈가를 촉촉이 적신 쿠너가 의문 가득한 눈빛으로 그를 바라보고 있었다. 왜 때렸는지 이해가 안 됐을 것이다.

'나도 왜 때렸는지 이해가 안 된다.'

슬쩍 시선을 피하면서 질문을 던졌다.

"뭐, 좋은 일 있냐?"

대충 이유는 알고 있었다. 하지만 화제를 돌릴 겸 의도적으로 물은 것이다.

제대로 통한 듯, 고통에 구겨졌던 쿠너의 얼굴이 점차적으로 밝아지기 시작했다.

"카이스테론에 가게 됐습니다."

"그거야 이미 결정 난 거잖아."

"그렇죠. 그런데 저 말고도 레이나 선생님까지 함께 파견을 간답니다."

이미 알고 있는 내용이지만 시치미를 뗐다.

"무슨 말이야? 원래 각 학부에 한 명씩 아니었어?"

"저도 자세히는 모르겠는데, 무슨 파견 보조라고 하던가? 어쨌든 확실한 건 레이나 선생님도 함께 간다는 거죠."

얼굴 가득 기쁨의 미소를 그려내는 쿠너의 모습에, 제튼이 고개를 절레절레 흔들며 말했다.

"내가 가라고 할 때는 그렇게 싫어하던 놈이."

"어라. 섭섭하세요?"

"괘씸해서."

따악!

가볍게 딱밤을 먹여줬다.

"끄응… 이건 뭐, 손가락이 아니라 망치라고 해도 믿겠네요."

파바박 이마를 비비던 쿠너가 돌연 경직되는가 싶더니, 급히 걸음을 내딛었다.

"그럼, 수업 때문에 먼저 가 보겠습니다."

제튼은 손을 휘휘 흔들며 대충 인사를 받아주고 난 뒤, 쿠너가 왔던 방향으로 시선을 보냈다. 익숙한 그림자가 다가오는 게 보였다.

'트라셀. 마이얀.'

그들 두 여인이 바삐 걸어오는 게 보였다.

'급하면 뛰면 될 것을…'

그래도 귀족가의 아가씨답게 품위를 지키려는 것일까? 바쁜 와중에도 최대한 교양을 지키려는 노력이 엿보였다.

"안녕하세요. 제튼 선생님."

그녀들이 동시에 인사를 건네오며 눈을 빛냈다.

"쿠너 오빠 못 보셨어요?"

이제는 제법 친해져서 쿠너에게 '선생님'이라는 호칭 대신, '오빠'라고 부르고 있었다.

제튼이 빙긋 웃으며 눈짓했다. 바로 전에 쿠너가 수업이 있다면서 도망친 방향이었다.

"고맙습니다!"

짧게 인사말을 남기며 그녀들이 떠나갔다. 이 모습에 작게 실소하던 그의 시선이 또 다른 방향으로 돌아갔다. 저 멀리 보이는 기사학부 건물의 옥상 위로 익숙한 얼굴이 보였다.

장미의 맹세를 통해 한동안 유명세를 탔던 여인 레이나가 그곳에 서 있었다.

옥상에서 휴식을 취하다 지금 상황들을 엿본 모양이었다. 제튼이 자신을 바라보고 있음을 눈치 챈 듯, 고개를 숙여 예를 보인 뒤 모습을 감췄다.

입 꼬리를 슬쩍 올린 제튼이 쿠너가 도망친 방향으로 시선을 던졌다.

'짜식! 스승 잘 둔 줄 알아라.'

이번에 레이나의 갑작스런 파견에는 제튼의 입김이 작용한 까닭이었다. 물론, 그가 직접 나선 건 아니었다.

브로이를 통해 약간의 발언권을 내세운 것이다. 카이스테론 아카데미의 숨겨진 힘인 만큼, 세반 교장도 그의 요청을 무시하기는 어려웠고, 결국 파견 보조라는 명목으로 레이나 역시 교환 교사의 일원에 포함될 수 있었다.

"그래도 좀 괘씸하기는 하네."

결코 이곳을 떠날 수 없다고 하던 쿠너가 아니던가. 헌데, 레이나의 동행 소식에 바로 태도를 고쳐먹을 줄이야.

'딱밤 한 대로는 부족하겠지.'

다음에 보면 꿀밤도 함께 선물해 주기로 결정했다.

사실, 제튼이 이렇게까지 움직일 이유는 없었다. 쿠너가 가기 싫다고 해도 결국에는 수도로 향할 수밖에 없다는 걸 알기 때문이었다.

하지만 그럼에도 불구하고 그가 나선 이유는 두 가지였다.

첫 번째 이유는 아주 당연한 것이었다.

'어쨌든 제자니까.'

조금이나마 신경을 써 주기로 했다. 그리고 두 번째 이유는 약간은 복잡했다.

'선물이라고 해 두지.'

쿠너에게는 미안한 이야기지만, 그는 쿠너를 이곳에서만 지내게 할 생각이 없었다.

세상에 내보내 그 힘에 어울리는 역할을 하게 할 생각이었다. 그리 하기 위한 준비로써 지금 쿠너의 수도행은 필히 중요했다.

'너라면 마귀들을 잘 이끌 수 있을 거다.'

브로이를 비롯한 최초의 기사들을 쿠너에게 맡길 계획이었다.

원래는 그 역할에 다른 사람을 생각하고 있었다.

케빈 반트.

아들이자 제자인 그 아이를 염두에 두고 있었으나, 이내 생각을 고쳐먹었다.

'메리와 함께 한다면, 결국… 빛의 검을 들게 될 테니까.'

비록 과거의 죄악이라고 할지언정, 범죄자와 엮이는 건 모양새가 좋지 않았다.

브로이 역시 지금이야 사람됨이 바르나, 과거에는 손에 꼽히는 범죄자 중 한명이었다. 최소한 1급이고, 경우에 따라서는 특급으로도 분류되는 범죄자가 바로 그의 과거였다.

'네가 원하건 원하지 않건… 어쩔 수 없다.'

제자가 바라지 않는 삶일지언정, 제튼은 한 차례 여지를 둠으로써, 다가올 미래에 대한 선택지를 넓혀주고 싶었다.

쓰게 웃은 그가 하늘로 시선을 던졌다.

"후우…… 쓸데없이 눈만 좋아져서는."

입맛이 썼다.

"이런 걸, 천기(天機)…라고 했었지."

보지 않으려 해도 느껴지는 이 불길한 감각은 도통 외면하기가 쉽지 않았다. 마치 드래곤들이 느끼는 그것처럼, 세상의 흐름이 전해져왔다.

"밸로아 영감님을 옆에 두는 게 아니었어. 쯧!"

지난 세월, 주기적으로 고룡과 나눈 대련이 그를 더욱 성장하게 만들어버렸다. 분명 은퇴하여 은거생활을 하고 있건만, 감각은 과거보다 더욱 날카롭게 빛나고 있었다.

고개를 흔든 그가 하늘에서 시선을 거뒀다. 저 멀리 울리는 종소리가 수업에 늦었다는 걸 알려준 까닭이었다.

지각이었으나 제튼의 걸음은 여유가 가득했다. 과연, 아카데미 최고의 불량교사다운 배포라고나 할까.

◈

서리 '왕'이라는 칭호를 얻었다.

국가도 아닌 일개 집단의 장일뿐이건만, '왕'의 칭호를 얻은 것이다. 그럼에도 불구하고 국가적인 반발이 일어나지는 않았다.

마스터에 이른 절대적 무력이 이 모든 걸 무마시킨 까닭이었다.

대륙의 별!

그 특별한 힘 덕분일까? 첩실에게서, 그것도 하녀에게서 태어났음에도 가장의 자리에 올랐다. 애초에 국가적인 세력이었기 때문일까?

무력에 권력이 더해지면서, 절대적인 발언권을 얻게 되었다.

나쁘지 않았다.

어릴 적 겪었던 설움도 제법 씻겨나갔다. 하지만 그것도 길지는 못했다.

5년.

그 정도 가장노릇을 하다 보니, 이건 뭐, 여간 골머리가 아픈 게 아니었다.

"차라리 예전이 좋았지."

최근 들어서 생긴 입버릇이었다.

집단의 우두머리라고 머리를 자꾸 쓰게 되니, 두통이라는 지병이 생길 것 같았다.

과거처럼 생각 없이 무작정 내달리며, 몸으로 부딪치는

일을 하고 싶어졌다. 그나마 다행이랄까? 간혹 출몰하는 해적무리 덕분에 몸이 굳는 건 방지할 수 있었다.

어째서 '왕'이 직접 나서는 건데?

이렇게 묻는다면 해 줄 대답은 하나뿐이었다.

"상대가 학살자니까."

바다의 왕이라고 불리는 자가 북해를 지나치는 것이다. 격에 맞는 대우를 해줘야 하지 않겠는가.

게다가 나름 공감대가 있어서 직접 나설 수밖에 없었다.

〈너는 이제부터 졸개 5호다.〉

언제고 그를 가르쳤던 마왕이 이리 말했던 적이 있었다. 그 내용을 토대로 또 다른 '졸개'들이 존재한다는 걸 알았다. 물론 직접 마주한 적은 없었다. 그저 짐작만 할 뿐이었다.

그러다 학살자를 만난 뒤에 확신했다.

"너… 졸이냐?"

첫 대면에 학살자라는 놈이 먼저 그리 물었기에, 굳이 증명이니 뭐니 할 필요는 없었다.

애초에 서로의 무력에서 비슷한 동질감을 느꼈기에, 그 질문만으로도 모든 게 이해되었다.

이후, 학살자와의 결투는 그의 유일한 유희거리가 되었다. 서로가 가장의 역할을 하느라 자주 마주치기는 어려웠다. 하지만 간혹 만날 때면, 정말 신나게 몸을 풀었다.

하지만 말 그대로 '간혹' 마주할 뿐이라서, 일상의 대부분이 찌뿌둥한 상태였다.

그런 무료한 일상에 새로운 이야깃거리가 찾아들었다.

"브라만 대공이라."

돼지고양이라는 놈이 보낸 편지가 그의 거처로 날아든 것이다.

점조직으로 운영되는 세력의 특성상, 한 집 살림이 아닌, 두 집, 세 집을 넘어 그 이상의 문어발식 살림을 하고 있는 그에게 편지가 도착한 것이다. 돼지고양이라는 자의 능력이 제법이라고 여겨, 그가 보낸 편지를 읽어줬다.

그리고 편지의 실질적 발신인이 무력을 가르쳤던 '마왕'이라는 걸 깨달았다.

〈마졸 5호.〉

거짓말처럼 그의 목소리가 귓가를 스쳤다. 갑작스런 그의 부름에 환청을 들은 것이다.

"큭!"

실소가 나왔다. 무료한 일상 때문일까? 한, 2~3년 전이었다면 무시했을 편지의 내용이, 지금은 제법 매력적으로 다가왔다.

"우선은… 기다려볼까."

당장 행동하기보다, 상의를 한 뒤에 움직이기로 결정했다.

"학살자가 이번 달 중으로 온다고 했었던가."

그와 몸 좀 풀면서 이야기를 나누어 볼 생각이었다.

◈

제국 아카데미 교류전이 시작되었다.

실질적 발표는 대외적으로 알려지고 나서도 보름이 더 지난 뒤에야 이뤄졌다. 그리고 교사들의 출발은 거기서 보름이 더 흐른 뒤로 결정이 났다.

학기의 마지막이 그 무렵인 까닭이었다. 방학식 자체는 참석하지 못하겠으나, 각자의 수업은 마무리 할 시간이 주어진 것이다.

그렇게 각자에게 주어진 수업시간을 마치고 난 뒤, 쿠너와 레이나는 다른 학부의 교직원들과 함께 수도로 향했다.

의외인 것은 그 교직원 일행 사이에 마이얀과 트라셀이 끼어있다는 점이었는데, 이를 본 제튼은 조용히 쿠너의 어깨를 두드리며 한 마디를 던졌다.

"고생해라."

레이나와 함께 간다는 것 외에도, 그녀들에게서 해방된다는 마음에 환히 빛나던 쿠너의 얼굴이 단박에 썩어 들어갔다.

덕분에 유쾌해진 제튼이 크게 웃으며 멀어지는 마차를

향해 힘차게 손을 흔들어줬다.

"뭐, 나머지는 브로이가 알아서 잘 해주겠지."

이미 쿠너에 대한 이야기는 해 놓은 상태였다. 그 뿐만 아니라 카이든과 케빈에 대해서도 전했다. 믿을 수 있다고 여겼기에 알려준 것이다.

어쩌면 옭아 맬 생각으로 비밀을 전한 것일지도 몰랐다.

"마귀 놈들을 통제하려면 어쩔 수 없지."

오랜 시간을 함께 한 덕분일까? 아니면 소수의 인원만이 생존한 까닭일까? 최초의 기사들이 비록 마에 물들었다고는 하나, 그들 사이의 끈끈한 유대감은 단연 최고라고 할 수 있었다.

때문에 브로이의 존재를 따로 놓고 생각할 수가 없었다. 다른 초기 멤버와 쿠너 사이의 징검다리 역할을 브로이에게 맡기려는 것이다.

'이참에 마귀라는 굴레도 벗어나게 해 줘야겠지.'

문득, 천마가 했던 이야기가 생각났다.

〈네가 '졸'을 벗어나야 격이 있는 놈들을 키울 거 아니냐.〉

물론, 제튼은 졸에서 올라가고 싶은 마음이 전혀 없었다.

때문에 최초의 기사들은 '마귀'라고 불렸고, 이후 탄생한 기사들은 '마수'라고 칭해졌다.

유일하게 '졸'이 부릴 수 있는 게, 이 두 부류였다.

마병!

천마의 세상에서는 둘 모두 일종의 '병기'로 존재했다.

강시라고 불리는 일종의 언데드 부류의 마귀.

짐승에게 특수한 약물을 써서 탄생시킨 마수.

실질적인 무력은 '졸'보다 높았으나, 자의식이 없어 병기나 다름이 없기에 위치 자체는 졸보다 아래였다.

만약, 그가 직위를 높이고, 졸보다 상위의 격을 지닌 이들이 탄생했다면?

"휘유… 상상만 해도 오싹하네."

고개를 휘휘 흔들며 재미없는 상념을 털어냈다.

"무슨 생각을 하기에 그런 재밌는 표정을 짓나?"

문득 들려온 물음에 제튼이 인상을 팍 구겼다.

"집에 안 가십니까?"

시선을 옆으로 돌리니, 어느새 온 것인지 라바운트가 웃으며 서 있는 게 아닌가.

"허헛! 오랜만에 가지는 휴가인데 푸욱 즐겨야하지 않겠나."

벨로아도 여러모로 골치가 아팠으나, 라바운트는 그보다 배는 머리를 아프게 만드는 존재였다.

특히, 벨로아와 달리, 진하게 느껴지는 패배의 감각이 그의 존재를 껄끄럽게 만들었다.

'중간계 최강이라 이거지.'

그가 비록 대륙 최강이라 불리지만, 사실은 그 칭호가 인간 중에서 제일이라는 의미일 뿐이라는 걸 새삼 깨닫는 다고나 할까?

"드디어 출발했나 보군."

라바운트가 그리 말하며 저 한편으로 시선을 보냈다. 저 멀리 쿠너가 탄 마차가 시야 끝에 걸렸다.

"자네가 직접 움직인다면 금세 해결 될 것을, 굳이 번거롭게 하는구만."

매번 귀찮을 정도로 접근하는 까닭에, 라바운트는 대략적인 사정을 알고 있었다. 간혹 궁금한 건 직접적으로 물어오기도 했는데, 무시할 수가 없어서 일부 이야기를 해주고는 했다.

어쩌면 이런 부분들 때문에 더욱 그의 존재가 꺼려지는 걸지도 몰랐다.

"로드께서 직접 움직이시면 세상이 참 평화로울 텐데 말이죠."

그런 기분이 언어에 담겨서 삐죽 튀어나왔다.

"허헛!"

라바운트가 너털웃음을 터트리며 제튼을 바라봤다. 한 차례 둘의 시선이 얽혔다가 떨어졌다.

"자네는 참… 여러모로 재미있어. 허허헛!"

가시를 세워봤자 이처럼 태연히 흘려버리니, 괜히 힘만 빠지는 기분이었다. 고개를 절레절레 흔든 제튼이 저 멀리 아직 비치는 마차를 바라보며 말했다.

"제 시대는 이미 지나갔습니다."

"이제는 젊은이들의 시대다?"

"뭐, 그런 거죠."

"자네의 잃어버린 세월이 아깝지는 않은가?"

"덕분에 이렇게 튼튼한 육신을 얻었잖습니까. 게다가 그 세월을 고스란히 눈으로 봤으니, 완전히 잃어버린 건 아니죠."

간접체험이라고 해야 하겠으나, 분명한 건 그 역시 20년의 세월을 함께 보냈다는 것이다.

"전쟁이 일어나는 것인가. 허어… 또 한동안 잠자리가 불편하겠군."

라바운트가 하늘을 올려다보며 그리 중얼거렸다. 중간계의 조율자라 불리는 걸 증명하듯, 드래곤은 세상의 흐름에 민감했다. 그 중에서도 일족의 수장인 로드의 감각은 특히 더 유별났다.

천기라고 부르는 것을 저들은 선천적인 감각으로 느끼는 것이다. 그렇다 보니 전장을 통해 발생하는 마이너스적 에너지는 그들의 예민한 감각을 크게 어지럽힐 수밖에 없었다.

"자네 말처럼, 직접 움직이면 참 편할 것인데. 허헛!"

조율자라 불리는 그들이 직접적인 참견을 하는 건 규칙에 어긋나는 일이었다.

"자네가 나서주면 참 좋을 텐데."

때문에 지금처럼 틈틈이 제튼에게 운을 띄우는 것이었다. 로드라는 직책 때문에 최대한 그를 존중하려고 하나, 이런 부분에서는 가차 없이 무시하는 게 정답이었다.

고개를 절레절레 흔든 제튼이 휙 하니 발길을 돌렸다. 그 모습에 너털웃음을 흘린 라바운트가 급히 따라붙었다.

"뭐, 젊은 친구들이 알아서 잘 하겠지. 허헛!"

'끄응….'

드래곤 로드라는 무거운 위치와 안 어울리게, 너무도 가벼운 그의 말투로 인해 앓는 소리가 나올 뻔 봤다. 이런 제튼의 모습에 실소한 라바운트가 슬쩍 질문을 던졌다.

"그래서 몇 명이나 모을 수 있을 것 같나?"

마졸들에 대해서 묻는 것이었다.

"글쎄요."

제튼이 어깨를 으쓱이며 대답했다.

"절반이나 모이면 많이 모인 거겠죠."

"안 올 것 같은 이들을 빼다 보면, 대충 그림이 나오지 않겠나."

그 말에 잠시 걸음을 멈춘 제튼이 구도를 잡아봤다.

'붉은 용은… 안 오겠지.'

사막의 소수부족들을 결합하고, 이들을 통해 하나의 왕국을 건국하는 게 붉은 용의 목표였다. 아직도 현재 진행형 중인 목표이기에, 그의 부름에 응하지는 않을 것이라고 여겨졌다.

연락이 닿았다는 두 마졸들이 떠올랐다.

'딜럭과 산왕은 모르겠군.'

한 명은 은퇴를 결정한 만큼 이를 번복하기가 쉽지 않을 거라 여겼고, 다른 한 명은 '왕'의 칭호를 부여받을 정도로 높은 위치에 있기에 엉덩이가 무거울 것 같았다.

'서리왕은….'

그나마 확률이 있는 게 바로 그였다. 북대륙에서 왕과 같은 권세를 부린다고는 하나, 그의 세력은 소수정예의 집단이었다.

게다가 제튼이 아는 서리왕의 성격은 한 자리에 오래 머물 정도로 묵직하지 못했다.

'책상이 아니라, 현장형 인간이지.'

슬슬 우두머리 역할이 지겨워졌을 거라고 여겨졌다.

'궁귀는 당연히 오겠고.'

직접 마적단을 이끌고 있을 만큼 전장을 즐기는 성격이었다.

'활에 미친놈이니까.'

자신의 화살이 적장을 꿰뚫는 순간 극도의 흥분감을 느끼낀다고나 할까?

'생긴 건 얼음장처럼 생겨서, 하는 짓은 정 반대니.'

여러모로 천마의 취향이라고 볼 수밖에 없었다.

'학살자 녀석은…'

우선 연락이 닿을지도 미지수였다. 제국전쟁으로 대륙은 몬스터를 보기 어렵게 되었으나, 바다는 여전히 몬스터의 세상이었다.

그런 만큼 사반트도 연락을 넣기가 쉽지 않을 거라고 여겨졌다. 게다가 학살자가 이끄는 해적단은 바다의 몬스터도 따라잡지 못할 만큼 재빠르기로 유명했다.

'올 수 없다고 봐야겠군.'

이렇게 대충 붓질을 하고 보니, 그려진 그림이 참 초라했다.

서리왕과 궁귀!

그 둘을 제외하고 나머지 공간은 백지였다. 왠지 입맛이 썼다. 이런 그의 옆모습을 훔쳐본 라바운트가 슬슬 웃으며 물었다.

"어째, 절반도 안 되나?"

내심을 들켰다는 생각에 와락 표정을 구긴 제튼이 휙 하니 발길을 재촉했다.

라바운트가 허허 웃으며 그 뒤를 따랐다.

쿠후…쿠후…쿠후…

거친 숨소리에 주변 공기가 뜨겁게 데워지는 게 느껴졌다. 호흡에 맞춰 약동하는 근육의 움직임은 더할 나위 없이 최상이었다.

평소에 이 정도로 완벽한 움직임을 보여줄 수 있을까 싶을 정도로 완벽한 몸 상태였다.

그럼에도 불구하고,

푸욱!

"크아아아아악-!"

어째서 이 조막만한 화살을 피하지 못하는 것일까? 통증이 일어난 부위를 보니 이번에는 어깨였다.

화살에 맞은 위치를 하나하나 살폈다. 손등 손목 팔꿈치 그리고 어깨, 양 팔에 균일하게 화살이 날아와 박힌 것이다.

분노가 일었다. 동시에 두려움도 깨어났다.

사냥!

산의 폭군이라고 불리는 자신이 일개 사냥감이 된 것을 깨달았기 때문이었다.

어디인가?

화살은 대체 어디서 날아오고 있는 것일까?

왼쪽에서 또는 오른쪽에서 때로는 하늘 위에서 떨어지는 화살이 적의 위치를 파악하기 어렵게 만들었다.

"크으으으…."

유일하게 멀쩡한 두 다리로 쉴 새 없이 뛰어다니고 있었으나, 이제는 알 수 있었다. 일부러 두 다리만 멀쩡히 남겨놓았다는 것을.

상대는 팔팔한 사냥감을 원하고 있었다.

"크아아아아아―!"

두려움을 이겨내려 괴성을 내질렀다. 분노했다. 주변에 존재하는 모든 것들을 박살내며 질주했다.

나는 여기 있다! 숨지 않는다! 당당히 나와라!

온몸으로 외쳤다. 그리고 이 절규에 물든 폭주가 절정에 달했을 때, 한 줄기 빛살이 동공을 꿰뚫었다.

푸욱!

어둠이 찾아왔다.

"시시하군."

짧게 한마디를 내뱉은 사내가 활을 내렸다.

"오우거라고 해서 기대를 했건만."

"아무리 산의 폭군이라지만, 궁귀의 화살을 피하는 건 불가능하죠."

순간 들려온 음성에 사내의 시선이 뒤로 돌아갔다. 사

내, 궁귀의 직속수하이자 마적단 '세르만'의 부단장인 '올트'가 보였다.

"언제까지 쫓아올 생각이냐."

마중이라는 명목으로 벌써 이틀째 뒤따르고 있었다.

"그만 가라."

"휘유… 그렇잖아도 슬슬 돌아가려고 했습니다. 평범한 길로 갈 것이지, 갑자기 산은 왜 타가지고."

태연하게 말을 내뱉고는 있었으나, 현재 올트의 등은 땀으로 범벅이 되어 있는 상황이었다. 더 이상은 궁귀를 따라잡기가 어렵다는 판단에 돌아가기로 결정한 것이다.

잠시 호흡을 고르며 땀을 말린 올트가 허리를 깊이 숙인 뒤 왔던 길로 되돌아갔다. 그 뒷모습을 잠시 바라보던 궁귀 '에룬'이 차가운 얼굴에 옅은 미소를 띄우며 입을 열었다.

"산을 타는 이유라…."

시선을 돌리자 저 멀리 쓰러진 오우거가 보였다.

"사냥감이 있으니까."

두 눈 가득 서늘한 안광이 번뜩이고 있었다.

◈

저 멀리 칼레이드 제국의 국경지대가 보였다. 수많은 사람들이 그곳으로 들어가고 나오는 것 역시 눈에 들어왔다.

이를 한참이나 지켜보던 거구의 사내가 나직한 음성으로 물었다.

"준비는?"

목재가면의 사내가 그의 옆으로 나란히 서며 대답했다.

"대충 모양새는 갖춰진 것 같습니다."

아쉬움이 남는 대답이었던 듯, 거구사내의 표정이 썩 좋지만은 않아 보였다. 이를 감지한 가면사내가 쓰게 웃었다.

"어쩔 수 없습니다. 저희의 역할은 이미 끝났으니까요. 저들과는 상하관계가 아니라서 지켜보는 것 외에는 할 수 있는 게 없습니다."

"동맹이라…."

여전히 아쉬움이 남는 표정이었다.

"팔라얀 상단인가?"

"예. 그들의 정보력이 대단하다는 건 알고 있었지만, 이 정도로 빠르게 변이종족들의 움직임을 파악할 줄은 몰랐습니다."

덕분에 제국에서도 일찌감치 전쟁의 향기를 맡아버렸다. 외형적인 부분에서는 크게 변한 것이 없었다. 여전히 평화롭고 여유로운 제국의 풍경이었다.

하지만 군사훈련의 기간이나 횟수가 늘어나는 걸 몇 차례 포착했고, 이를 통해서 그들도 나름대로 준비를 하고 있다는 걸 알게 되었다.

"여러모로 귀찮은 상단이야. 대충 준비는 됐다고 했었지?"

"예. 이미 변이종족들의 1차 진군 부대는 목적지에 도착한 걸로 보고됐습니다. 단지…제대로 쉴 시간이 없어서, 당장 움직이는 건 무리라고 하더군요."

"이동 경로는?"

"이미 확보했습니다."

대답을 하던 가면사내가 문득 생각난 게 있는 듯, 이야기의 흐름을 틀었다.

"그러고 보니, 경로 탐색조에서 칼렌을 봤다고 하더군요."

"칼렌?"

왠지 귀에 익은 이름이었으나 선뜻 생각이 나질 않았다. 거구사내의 눈매가 얇아지는 것을 본 가면사내가 살짝 힌트를 줬다.

"9년 전쯤에 도망친 하부요원입니다."

"아!"

그제야 생각이 났다는 듯, 거구사내가 손가락을 튕겼다. 하부요원 치고는 실력이 제법이어서, 잠시나마 기억에 담아뒀던 이름이었다.

"여자요원하고 야반도주했다고 하지 않았나?"

169

"예. 이번에 변이종족 진군 경로에서 발견했답니다."

"어느 루트?"

"붉은 그림자 부족이 맡은 장소입니다."

잠시 생각하는가 싶던 거구사내가 고개를 끄덕여 보였다.

"그렇군. 오크무리인가."

"예. 오크들 중에서도 상당히 호전적인 이들입니다."

"발견된 위치는?"

"루마니언 지방의 아루낙 마을이라고 하더군요."

"그 놈도 재수가 없군."

변이종족을 통해, 제국 동쪽에 잊혀져버린 몬스터의 공포를 되새겨줄 계획이었다. 동시에 저들 칼레이드 제국의 옛 영토, 칼레이드 왕국시절의 수도를 공략하는 것 역시 계획의 일환이었다.

때문에 동쪽 끄트머리에서 변이종족들이 다양한 루트로 진군을 하기로 되어 있었다. 그레이브는 변이종족의 쾌속한 전진을 돕고자 경로 탐색 및, 길 안내를 약속한 상태였다.

그렇게 루트 확보를 하던 중에 칼렌의 모습을 발견된 모양이었다.

"아무래도 몰랐다면 모를까, 눈에 걸려버린 이상 가만히 내버려 둘 수는 없겠지."

어쨌든 그들은 조직이었고, 상대는 조직의 배신자였다.

"아루낙 마을이라…."

하나 둘, 칼렌과 관련된 정보들이 떠오르기 시작한 듯, 거구사내가 가볍게 실소하며 가면사내를 바라봤다.

"제국을 벗어나서 멀리 도망친 줄 알았더니, 더 깊이, 안쪽으로 숨어들었을 줄이야. 확실히 그 칼렌이라는 친구, 감이 좋은 것 같네."

동감한다는 듯 가면사내가 한 차례 고개를 끄덕였다.

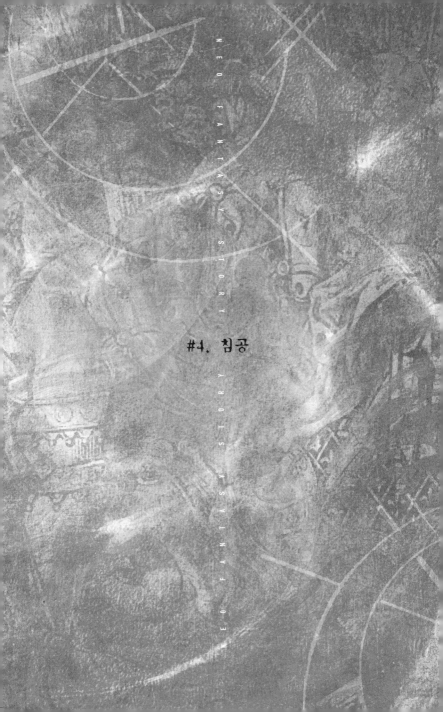

#4. 침공

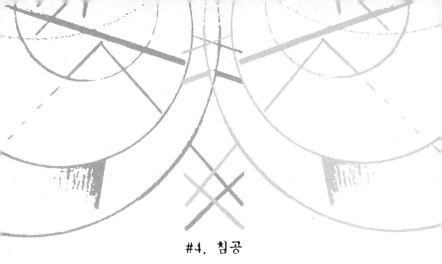

#4. 침공

　　루마니언 지방은 제국 동부의 끄트머리에 위치한 지방
이었으나, 그곳이 제국의 경계선은 아니었다. 그 너머로
'메스탄' 지방이 있었고, 거기야말로 제국의 실질적 경계
선이라고 할 수 있었다.

　　물론 그 너머로 가면 산이요, 바다기 때문에 더 나아간
다는 걸 생각하기도 어렵기는 했다.

　　이곳 제국의 동부경계라 할 수 있는 메스탄 지방으로 잊
혀져가던 존재들이 모습을 드러냈다.

　　오크!

　　몬스터 혹은 괴물이라고 불리는 과거의 그림자가 그곳
에 발을 디딘 것이다.

바닷가와 경계를 이룬 영지의 경우는 간혹 몬스터들의 모습을 보고는 한다. 하지만 그 대부분이 바다 몬스터였고, 육지에 올라오는 경우도, 실제로는 물가를 벗어나지 않는 몬스터들 뿐이었다.

오로지 육지에서 행동하는 몬스터는 제국 전쟁 이후로 처음이라 할 수 있었다.

이 갑작스런 이종의 무리들 중, 가장 커다란 덩치를 지닌 붉은 머리 오크가 등 뒤에 메고 있던 거대한 배틀 엑스를 한손으로 움켜쥐며 중얼거렸다.

"이곳을 짓밟는다!"

뜨거운 투기가 전신 가득 흘러넘쳤다. 그 강렬한 기세에 그를 보좌하듯 서 있던 오크들이 주춤거리며 물러났다.

하나 같이 붉은색 혹은 옅은 주황빛의 머리를 하고 있는 이들은, 붉은 그림자 부족의 오크 전사들이었다.

제국 전쟁의 여파에 휩쓸리며 부족의 명맥만 유지한 채, 대륙의 끄트머리로 밀려난 그들이었으나, 십여년의 세월을 거쳐 이제는 부족의 힘을 되찾은 상태였다.

겨우 십여년의 세월이었으나, 번식력에 있어서만큼은 변이종족 중에서도 손에 꼽히는 그들이기에, 충분한 전사들을 키워낼 수 있었다.

물론 순수하게 번식력으로만 치자면 고블린에게 모자라는 감이 있기는 했으나, 그들은 고블린보다 월등한 신체와 강렬한 힘 그리고 지능이 있었다.

게다가 오크 로드의 그늘로 들어가며, 뛰어난 대전사들 역시 여럿 보유하고 있는 상태였다.

제국전쟁!

여러모로 많은 몬스터들에게 재앙과도 같은 전쟁이었다. 하지만 이 전쟁을 통해 몬스터들은 한 가지 배운 게 있었다.

협동심!

과거에는 같은 종족이라도 부족이 다르면 잦은 다툼이 일어났을 만큼, 그들은 단결력의 공백이 컸다. 그야말로 괴물 혹은 몬스터라는 단어가 아깝지 않은 존재들이었다.

하지만 제국 전쟁을 통해, 그들은 서로의 어깨를 감싸 안을 수 있게 되었다.

그 대표적인 상황이 바로 '오크로드'의 아래 모여든 점이었다.

예전에도 오크로드는 존재했다.

하지만 그들은 몬스터라고 불릴 정도로 본능에 충실한 종족이었고, 그 때문인지 누군가의 밑에 들어가는 걸 싫어했다.

로드의 존재와 강함은 인정하되 그에게 고개를 숙이려고 들지는 않은 것이다. 일정 규모의 부족생활까지가 그들의 허용한도였다.

하지만 제국전쟁을 통해 수많은 부족이 멸망하거나, 그와 비슷한 상황에 처하게 되자, 하나같이 오크로드를 찾았고 그에게 기댔으며, 함께 호흡하고 협동하는 의지를 가슴 깊이 새기기 시작했다.

'우리 일족만이 아니지!'

붉은 그림자 부족의 대전사 '막투'는 다른 종족들을 머릿속에 떠올렸다.

고블린과 트롤 그리고 오우거에 수인족까지.

적대시하던 타종족들과도 손을 잡게 된 것이다. 일종의 '동맹' 체제로써, 일족간의 협동심과는 또 다른 종류의 협력방법을 배우게 되었다.

솔직히 그들의 전투력은 과거에 비해 부족했다. 그 짧은 시간에 옛 모습을 완전히 되찾는 건 무리였다.

그 대신 새로운 무기가 그들에게는 있었다.

'협동!'

동맹.

막투의 배틀 엑스가 전방으로 뻗었다.

"가자!"

동시에 붉은 그림자 부족의 전사들이 전방으로 내달렸다.

침공의 시작이었다.

왠지 모를 암울한 기운들이 거리를 가득 메우고 있었다. 근심을 얼굴 가득 띄우고 있는 어른들의 모습에 아이들도 조금은 위축된 분위기였다.

거리의 이 갑작스런 공기변화는 최근에 들어온 소식 때문이었다.

몬스터들의 습격!

십여년만에 몬스터들의 소식을 접한 까닭이었다. 그것도 바로 옆 지방에서 발생한 사건이기에, 불안감을 감추기가 어려울 수밖에 없었다.

"이거 참, 큰일이네… 큰일이야!"

제튼이 혼잣말처럼 중얼거리며 고개를 흔들었다. 이 모습을 가만히 지켜보고 있던 셀린도 고개를 흔들며 말을 건넸다.

"그래서 출근은 언제 할 건데?"

제튼이 슬쩍 시선을 피하며, 마당 한쪽에 마련된 의자에 엉덩이를 붙였다. 하지만 여전히 뒤따르는 셀린의 시선에 할 수 없다는 듯 입을 열어야만 했다.

"나… 지금 방학이야."

"알아."

"그러니까 좀 쉬어야지."

"보충수업 있다며."

"…끄응!"

새삼 아스트 교장을 향한 분노가 치솟았다.

'너무 부려먹는단 말이지.'

본의 아니게 명성을 얻고, 주변에서 그를 대하는 태도에 많은 변화가 있었다. 하지만 아스트 교장만큼은 여전한 모습으로 그를 대했다.

주 2회 근무나 방학 보충수업 등은 이런 일관된 자세의 결과물이라고 할 수 있었다.

"몬스터가 나타났으니까 외출을 조심해야지."

제튼의 변명에 셀린이 고개를 절레절레 흔들었다. 아무리 그녀가 기사들에 대해서 모른다고는 하나, 기본적인 지식이라는 게 있었다.

익스퍼트 상급!

외부적으로 알려져 있는 남편의 실력이라면, 오크가 아니라 트롤이 와도 감당이 가능했다. 오우거 역시도 충분히 상대가 가능한 게 바로 익스퍼트 상급의 경지였다.

게다가 그녀가 알기로 남편에게는 비쳐진 것 이상의 능력이 숨겨져 있었다.

당연히 제튼의 약한 소리가 먹힐 리가 없었다.

"끄응…."

결국 앓는 소리를 뱉은 제튼이 슬쩍 손을 흔들었다.

"꺅!"

그리고 터져 나오는 단말마의 비명성.

마치 마법이라도 부린 것 마냥, 셀린의 신형이 허공을 날아 제튼의 무릎위로 안착했다.

갑작스러운 사태에 당혹스런 눈치였으나, 간간히 이와 비슷한 상황을 겪어 본 까닭인지, 금세 신색을 회복하며 제튼을 노려봤다.

"장난하지 말고⋯."

한 마디 던져주려는 순간, 제튼이 그를 꼬옥 껴안았다.

"으아아으⋯ 이러고 푸욱 쉬고 싶다."

그러더니 대뜸 그녀의 머리를 쓰다듬으며 묻는다.

"괜찮아?"

거리에 펼쳐진 어른들의 불안감을 느꼈다. 그렇다. '어른들'의 불안감이었다.

셀린 역시 포함되는 이야기였다.

지금의 청년들이야 몬스터라는 존재를 책에서나 접하는 특수한 '짐승'으로 여기고 있었으나, 제튼과 셀린과 같은 연령대의 사람들의 경우는 달랐다.

직접 겪어온 시대였다. 당장 제튼이 어릴 적만 해도 마을의 어른들이 산을 넘다 몬스터에게 당했다는 이야기가 흔했었다.

때문에 아이들 홀로 산을 타는 건 금지목록 중 하나였다.

〈말 안 들으면 오우거가 잡아간다.〉

이런 이야기도 있을 만큼, 당시 세대의 어른들에게 몬스터는 별개의 존재가 아니었다.

짐승이 아닌 괴물!

그게 셀린과 제튼 세대가 지니고 있는 몬스터들에 대한 정의였다.

대개는 평상시와 다를 바 없어 보이는 셀린의 겉모습에 속을지도 몰랐다. 하지만 제튼의 감각은 그녀에게서 느껴지는 미묘한 불안감을 놓치지 않고 잡아냈다.

"내가 있으니까 걱정 마."

그러면서 재차 셀린의 머리를 쓰다듬는 제튼의 행동에, 셀린은 어쩐지 자신이 아이가 된 것 같았다. 기괴하게 그 기분이 재밌어서 웃음이 나오려고 했다.

"으으…."

순간 뒤편에서 들려온 기괴한 소리에 고개가 돌아갔다. 어느새 온 것일까?

제니가 눈살을 와락 찡그리고 있는 게 보였다.

"애정표현은 적당히 하시죠."

딸아이의 투덜거림에 그제야 자신들의 모습을 떠올린 듯, 셀린이 살짝 얼굴을 붉혔다. 하지만 그러면서도 제튼에게서 떨어지지는 않았다. 오히려 더욱 제튼에게 몸을 기대는 게 아닌가. 그러며 묻는다.

"부럽니?"

제니의 표정이 제대로 구겨졌다.

"칫! 나이 생각 좀 하시죠."

그 순간 셀린의 표정도 일그러지는데, 이를 보던 제튼이 작게 실소했다.

그러자 두 모녀의 시선이 자연스레 제튼에게로 향하는데, 그로 인해 결국 웃음이 터져버렸다.

'너무 닮았잖아!'

괜히 모녀라고 하는 게 아닌 듯, 셀린과 제니가 인상을 구긴 모습이 너무도 닮아 있었다.

"에휴…."

고개를 절레절레 흔든 제니가 더 보기 싫다는 듯, 휙 하니 발길을 돌리면서 모녀들의 대치는 끝을 맺었다.

"우리도 그만 들어갈까, 마누라?"

제튼이 셀린을 안은 채로 그리 물었다. 이에 셀린이 제튼의 귓가에 다가가 속삭이듯 말했다.

"출근하세요~. 여봉!"

원점회귀에 제튼의 표정이 구겨졌다.

◈

동시다발적으로 몬스터들의 습격사건이 발생했다. 오크

가 나타난 곳도 있고 고블린이 날뛴 곳도 있으며, 트롤이나 오우거가 난동을 부린 곳 역시 다수였다.

이 피비린내 나는 소식을 접한 로렌스는 입술을 잘근잘근 씹으며 마차의 벽면을 두드렸다. 그렇게 몇 차례 분풀이를 하고 난 뒤에야 겨우 말문을 열 수 있었다.

"후우… 당했네."

그녀가 부리는 요원들을 통해 저들, 몬스터들의 이동 경로를 세심히 관찰하고 있었다. 아직까지는 제국 주변을 빙 둘러서 움직이며 침략지를 고르고 있는 중이라고 여겼다.

헌데, 뜬금없게도 제국의 가장 후미에서 그들이 모습을 드러낸 것이다.

"들켰던 건가. 쯧!"

요원들의 움직임을 눈치 챈 뒤, 미끼로 일단의 무리를 내어놓은 거라고 여겼다.

"아니면… 애초에 우리가 놓친 놈들이 있었거나."

그나마 이게 가장 그럴 듯한 추측이었다.

"좋지 않아."

어떤 경우이건 좋지 않은 그림이 그려졌다. 이미 파악하고 있는 몬스터들의 움직임만 해도 어마어마한 규모였다. 그런데 거기서 또 규모를 늘려야 한다는 건, 여러모로 부정적인 상황을 떠올리게 만들었다.

"확실히… 제국전쟁의 후유증을 이겨낸 걸지도 모르겠네."

대륙의 구석으로 숨어들어갈 정도로 괴멸직전에 몰렸던 변이종족들이 이처럼 대담하게 움직인다는 건, 과거의 모습을 되찾았다는 예측을 내어놓게 만들었다.

"판이 커지는데…."

아무래도 제국 역시 방심을 해서는 안 될 것 같았다. 좀 더 본격적으로 그녀가 움직여야 한다는 결론이 나왔다.

"그년하고 만나기는 싫은데."

황제의 얼굴을 떠올리자 가라앉았던 가슴의 불길이 재차 타올랐다.

입술을 잘근 깨물던 그녀가 마차의 창을 열어 마부에게 지시를 내렸고, 잠시 후 마차는 방향을 틀었다.

제국의 수도 크라베스카!

마차의 새로운 목적지였다.

◈

수도에서 생활하던 마르셀론 공작은 몬스터들의 침공 소식에 눈을 빛내며 자리에서 일어났다.

창을 열고 하늘을 올려다보니, 저 멀리 하늘너머로 어둠이 밀려오는 징조가 보였다.

"드디어 시작인가."

여동생에게 빼앗겨버린 왕권을 되찾고, 황권을 강탈하기 위한 그의 대업이 첫 출발을 알려오고 있었다.

제국의 가장 깊숙한 장소인 동쪽 지대를 몬스터들의 첫 침공 장소로 둔 이유는 간단했다.

〈그곳이 제국의 '과거'이며, '시작'이기 때문입니다.〉

언제고 가면사내가 이야기했던 내용이었다.

'칼레이드 왕국!'

그곳에 있는 옛 왕국의 수도가 떠올랐다. 이제는 더 이상 왕국이라 불리지 않고, 수도라고도 칭해지지 않는 곳이었다.

하지만 분명한 건, 거기가 제국의 뿌리가 되는 장소라는 점이었다. 때문에 그곳의 점령은 제국민들의 심경에 커다란 충격을 줄 게 분명했다.

갑작스런 몬스터 침공 소식에 회의가 소집되고, 십여년만에 몬스터 토벌과 관련된 이야기들이 오가기 시작했다. 허나, 아직까지는 피부로 와 닿지 않는 내용인 듯, 불필요한 언쟁만 오갈 뿐이었다.

때문에 과거의 시작점을 무너트리는 건, 더욱 큰 효과를 볼 수 있을 거라고 여겼다.

〈몬스터들에 대한 경계가 심화될 때, 뒤를 치는 것입니다.〉

그레이브가 움직이는 건 수도의 신경이 한 곳에 쏠릴 때였다.

물론, 쉽지는 않은 계획이었다. 제국의 뿌리이기에 더욱 관리가 철저했고, 그런 만큼 타격하기 어려운 장소인 것 역시 사실이었다. 그럼에도 불구하고 그곳을 첫 번째 목적지로 삼았다.

이유는 마르셀론 공작에게 있었다.

〈그곳이 공작님의 영지이기 때문입니다.〉

옛 왕국의 수도이겠으나, 지금은 마르셀론 가문의 터전이기에, 감히 그곳을 내어놓을 수 있는 것이다.

〈각오를 보여주십시오!〉

환청마냥 가면사내의 음성이 들려왔다.

"그래. 보여주마! 뼈를 내어주고, 필히 심장을 취하겠다!"

마르셀론 공작의 섬뜩한 안광이 황궁 브레이브를 향해 뿜어졌다.

'아첼르 판 마르셀론'이 아닌, '아첼르 본 칼레이드'라는 그의 권리를 찾기 위한, 광기어린 전진의 시작이었다.

❀

오랜만이라고 해야 할까?

크라이온은 용병으로써의 본능이 꿈틀대는 걸 느끼면서도 이를 억누르기 위해서일까? 습관처럼 침상을 바라봤다.

거기에는 올해 9살이 되어 한창 말썽을 부리는 소녀 모네가 잠들어 있었다.

파악!

순간 허공으로 널뛰는 이불에 크라이온이 쓰게 웃었다.

'잠잘 때는 좀 가만히 자라.'

깨어있을 때나 잠들어 있을 때나, 정신없는 건 마찬가지인 것 같았다. 아이에게 다시 이불을 덮어 준 그가 슬쩍 창을 열고는 밖으로 뛰어내렸다. 그리고는 한 차례 걸음을 박차니, 어느새 제튼의 집 앞이었다.

"왜 왔어?"

크라이온이 도착하기가 무섭게 제튼 역시도 집 앞에 모습을 드러냈다. 못마땅한 얼굴로 물어오는 제튼에게 크라이온이 오히려 되물었다.

"어떻게 될 것 같수?"

"뭐가?"

"몬스터 놈들 말이요."

"어떻게 되긴, 저러다 밟히겠지."

그 말에 크라이온의 눈이 옅어졌다. 제튼이 뒷머리를 벅벅 긁으며 한숨을 푸욱 내셨다.

"어떻게든 될 거야. 신경 쓰지 마."

"정말, 모르면서 하는 소리요?"

아니다. 알고 있었다. 단지 외면하고 있을 뿐이었다.

"형님 덕분에 여기가 전쟁을 피해가기는 했지만, 오히려 그것 때문에 쭉정이들만 넘쳐나는 거 알잖수. 병력은 제법 있을지 모르겠지만, 제대로 된 전쟁 경험도 없는 놈들로 무슨 전투요. 전쟁은 숫자만 가지고 되는 게 아니란 거 잘 알고 있잖소."

"전쟁까지 들먹이는 건 좀 과장이 심한 것 같은데."

"들려오는 규모만 합쳐도 이미 전쟁이요."

둔감하게 생겨서는 의외로 날카로운 부분이 있었다. 제튼이 뒷머리를 벅벅 긁으며 물었다.

"그래서 어쩌자고?"

"막읍시다."

"그래, 막아."

이어지는 침묵.

"나 혼자 막습니까?"

한 박자 늦은 크라이온의 질문에 제튼이 고개를 끄덕였다.

"용병왕의 능력이라면 이 정도는 가뿐하잖아."

"그거야… 뭐."

하지만 가뿐하다고 할 정도는 아니었다.

'규모가 너무 큰데. *끄응*⋯.'

저쪽은 전쟁을 준비하고 움직이는 느낌이었다. 하지만 그는 혼자서 움직여야만 했다.

만약 그가 본격적으로 수하들을 부린다면, 그 때부터는 이 근방이 시끄러워질 수밖에 없었다. 용병왕의 존재감은 그 정도로 무거운 것이었다.

"왜? 후달리면 애들 좀 불러서 처리하던가."

자존심을 팍 긁는 이야기에 결국 크라이온의 얼굴이 와락 구겨졌다.

"할 수 있어! 까짓, 거 얼마나 된다고."

그러더니 돌아가려는 듯, 팩 하니 발길을 돌려버린다. 하지만 바로 발을 떼지는 않았다.

"그런데 왜 그렇게까지 몸을 사리는 거요?"

솔직한 물음이었다. 크라이온이 아는 브라만 대공은 전투광이었다. 하지만 십여년간 함께 해 온 제튼은 그와 거리가 너무 멀었기 때문이다.

"형님이 나서면 정말 순식간에 끝일 텐데."

크라이온의 의문에 제튼이 쓰게 웃으며 어깨를 으쓱였다.

"예전에 했던 말 기억나냐?"

"뭐⋯ 아! 그거, 그⋯ 내 시대는 끝났다? 뭔, 개방귀 끼는 소린가 싶었더니, 진짜였소?"

그 말에 제튼이 고개를 끄덕였다. 크라이온이 이해할 수 없다는 얼굴로 고개를 흔들며 발길을 뗐다. 오던 것처럼 사라지는 것도 금방이었다.

그가 사라진 장소를 잠시 바라보던 제튼의 시선이 다른 방향으로 돌아갔다.

'메스탄 지방인가.'

몬스터들이 처음으로 등장한 곳으로써, 그곳 외에도 이곳 제국의 동부의 경계선에 닿은 부분에서는 몬스터들의 출몰이 동시다발적으로 일어나고 있었다.

"왜 나서지 않냐고?"

혼잣말처럼 중얼거리는 그의 눈가에 한 줌의 슬픔과 괴로움이 머물렀다.

천마가 떠올랐다. 그리고 제국전쟁이 기억났다. 그 속에서 처참히 짓밟혔던 생명들의 무게감을 잊지 않았다. 거기에는 타국의 사람들 외에도 타 종족의 생명체들 역시 존재했다.

몬스터라 불리던 종족들 역시도 그 안에 포함되어 있었다.

'저들도 하나의 생명체임을 그 때 알게 됐지.'

몬스터라고 부르는 저들에게도 삶이 있었다. 가족이 있었고 친우가 있었으며, 그들만의 사회가 존재했다.

그들도 사실은 또 다른 이종족이라는 걸 깨달았다.

191

'어째서 엘프들이 변이종족이라고 부르는지 알게 됐지.'

사실, 인간들이 이종족 혹은 유사인종이라 부르는 엘프들도 오크에게 몬스터라고 부르기는 했다. 인간들 못지않게 그들과 자주 마찰이 있기 때문이었다.

'드워프도 마찬가지인가.'

하지만 그럼에도 불구하고 변이종족이라는 호칭을 입에 올리는 건, 저들 몬스터라 부르는 이들을 괴물로만 보지 않는다는 의미였다.

'뭐… 트롤이나 오우거는 괴물에 가깝기는 하지.'

육식 몬스터의 정점이라 부르는 그 두 종족은 머리로 생각하기 이전에 본능으로 움직이는데 충실하다 보니, 변이종족이라고 하기에 애매한 부분이 분명 존재했다.

그런 변이종족의 사회는 천마에 의해 무너졌다.

"왜 안 나서냐고?"

밤의 어둠인지, 제튼의 얼굴에 짙은 그늘이 내려앉았다.

"나보고 그 짓을 또 하라는 건… 무리다."

고개를 절레절레 흔들던 그가 시선을 쭈욱 돌려 마을을 한 바퀴 돌아봤다. 시야에 닿는 곳 하나하나가 소중했다.

"여기… 딱 이 정도인가."

그가 지킬 수 있는 공간이었다.

힘이 있으면서 왜? 어째서? 나서지 않는가!

그에 대한 답변은 길지 않았다.

"난 이기적인 놈이니까."

확실히 영웅 보다는 마졸이라는 단어가 잘 어울렸다.

"뭐해?"

문득 들려온 음성에 시선이 돌아갔다. 잠이 깬 모양인지, 셀린이 창가에 서 있었다. 제튼이 빙긋 웃으며 훌쩍 뛰어올라 창가에 엉덩이를 걸쳤다.

2층 높이를 한 번에 올라서는 그의 도약에 놀랄 법도 했으나, 그간 봐 온 것이 있어서인지 표정에 변화조차 없었다.

"잠깐 바람 좀 쐬고 있었지."

그렇게 말하며 제튼이 엉덩이를 밀어 넣으며 창문을 넘었다.

"엄마…."

문득 또 새로운 음성이 그들 사이로 끼어들었다. 어느새 깬 것인지 헤리가 눈을 비비며 일어나고 있는 게 보였다. 아무래도 창이 열리고 밀려든 새벽공기에 눈이 떠진 모양이었다.

잠에서 막 깬 까닭일까? 아니면 새벽의 어두운 분위기를 느낀 것일까? 헤리의 눈가에 물기가 일렁이기 시작했다.

"우으으…."

제튼이 급히 움직여 아이를 안아들어 달랬다. 자연스레 일어난 기운이 아이의 등을 쓸었다. 잠이 덜 깬 덕분일까?

글썽이는 모습 그대로 제튼의 품에서 다시 눈을 감는 게 보였다.

"휘유⋯."

제튼이 안도의 한숨을 내쉬는 사이, 셀린이 다가와 아이를 넘겨받았다.

"잘 자라 우리 아가⋯."

아이를 안은 채 침대로 향하는 그녀의 모습에서 무한한 사랑을 느꼈다. 가슴 한편에 따뜻한 온기가 차오르는 광경이었다. 이를 보는 제튼의 눈가에 빛이 머물렀다.

'이기적이겠지만⋯ 이 공간만큼은 꼭, 지킨다!'

아이를 위한 엄마의 자장가 소리가 고요하게 방안을 어루만졌다.

❖

메스탄 지방의 귀족, 라가스 찰만 남작은 몬스터들의 습격 소식에 당황하기보다 발 빠르게 대처하는 모습을 보여줬다.

급히 병력을 모으고 영지의 경계태세를 강화하는 등, 몬스터 '토벌'에 대한 태세를 갖춘 것이다.

영주가 된지도 어느새 30여년이 넘어가는 노영주인 그는,

이미 오래전 여러 차례 몬스터 토벌을 경험한 적이 있었다.

비록 제국 전쟁에서는 최전방에 서지 못했다지만, 몬스터 토벌은 젊을 적 치열하게 겪어 본 것이다.

특히, 그의 영지는 산악지대와 연결되어 있어, 과거 몬스터들과의 마찰이 잦기로도 유명했었다. 한 때는 용병들의 거점으로 여겨지던 장소였을 만큼, 몬스터에는 익숙할 수밖에 없었다.

비록 십여년 이상 몬스터와의 마찰이 없었다고는 하나, 옛 경험들이 어딜 가는 건 아닌 듯, 찰만 남작은 재빠르게 조치를 취하며 토벌 준비를 마쳤다.

그리고 즉각 습격해 들어온 마을로 움직이는데, 이 와중에 놀라운 소식들을 접하게 된다.

"뭣! 벌써 메시난 마을까지 습격을 당했다고?"

빨랐다. 몬스터들의 이동 속도가 너무나도 빨랐다. 토벌을 위한 전진기지로 삼을 장소가 이미 당했다는 소식에 경악했다. 알려진 규모는 변한 것이 없는데, 이 무슨 괴상할 정도의 속도란 말인가.

"아르망과 세케난 마을은 어떻게 됐느냐?"

그의 다급한 물음에 소식을 전하러 온 병사가 상세하게 이야기를 전했고, 이를 듣고 난 찰만 남작의 표정은 잔뜩 구겨져 있었다.

'다르다!'

과거, 몬스터들의 습격이 있던 당시와는 방식이 달랐다. 철저한 파괴와 학살이 이뤄지고 난 뒤에야 다음 마을로 넘어가는 게 과거의 습격이었다.

　하지만 지금 알려온 정보는 전혀 달랐다.

　'마을의 형태가 그 모습을 유지하고 있다고?'

　또한 민간인의 피해가 크기는 하나, 살아남은 사람들이 제법 된다고도 했다.

　"밭을 불태우고 식량을 챙겨갔다?"

　가장 특이한 부분이었다. 다음 습격을 생각해서인지, 결코 밭은 불태우지 않던 몬스터들이었다.

　일순간 이상한 생각이 하나 스쳐갔다.

　"이건, 단순한 몬스터들의 습격이 아닌 건가?"

　불길한 단어가 떠올랐다.

　"설마… 전쟁?"

　갑자기 입 안이 바싹 마르는 기분이었다.

　"하지만 어째서?"

　이리 급박한 이동을 하는 것일까? 알 수 없는 저들의 방식에 과거의 경험은 이미 물거품이 되어있었다.

◈

　테파른 왕국은 칼레이드 제국과 국경을 맞닿고 있는 국

가 중 하나로써, 그들은 제국의 무서움을 경험한 적이 있는 나라였다.

좀 더 정확히는 전장의 사신, 브라만 대공이 주는 두려움을 겪어 봤다고 하는 게 맞았다.

헌데, 그들에게 공포를 심어 준 브라만 대공의 소식이 십여년 전부터 뚝 끊겨버린 상태였다. 그 때문일까?

조금씩이나마 그들은 두려움을 잊어가고 있었다. 게다가 세대교체와 함께 젊은 혈기가 조금씩 쌓이기 시작하며, 점차적으로 옛 영토에 대한 욕심이 되살아나고 있었다.

그러던 찰나에 그레이브라는 집단에서 연락이 온 것이다. 몇 차례 이런저런 이야기가 오가며, 작게나마 그들의 계획을 얻어들을 수 있었다.

"몬스터라… 결국, 시작한 건가."

테파른 왕국 귀족파의 실세 중 한명이라 불리는 프루체른 공작이 입맛을 다시며 보고서를 내려놨다.

"정말로 불을 지폈단 말이지."

설마 설마 했는데 진정으로 저 칼레이드 제국에 날을 세운 것이다.

"그레이브라…."

저들 집단의 이름을 잠시 입에 올려봤다. 그 역시 왕국의 젊은 혈기 중 한명으로써, 그들의 제안에 상당부분 매력을 느끼고 있는 중이었다.

〈제국이 독점하는 대륙의 패권을 다시 분산시키는 겁니다.〉

하지만 그러자면 당장 문제가 되는 부분이 있었다.

'국왕…'

브라만 대공의 공포를 겪어, 한껏 움츠리고 있는 국왕이 떠올랐다.

짧은 고민이 있었으나, 이미 결심은 오래전에 마쳤기 때문인지, 결론이 나오는 시간은 그리 오래 걸리지 않았다.

"국왕폐하도 슬슬 물러나실 때가 되었지."

새로운 도약을 생각한다면, 그가 지지하는 2왕자에게 본격적인 후계를 밀어줄 때가 된 것 같았다.

이미 어느 정도 구도는 맞춰놓은 덕분에, 언제든 움직이기만 하면 되는 상황이었다.

"뭐… 당장 제국에 돌진하는 건, 아무래도 무리겠지."

우선은 왕국을 정리하면서, 제국의 상황을 좀 더 살필 생각이었다. 그러다가 공기의 변화가 느껴진다면, 그 즈음에나 조금씩 움직이는 것도 나쁘지는 않을 터였다.

'기왕이면 움직일 수 있었으면 좋겠군.'

습관처럼 입맛을 다시는 그의 두 눈 가득 욕망의 불길이 타오르고 있었다.

제국에 몬스터들이 등장하던 것과 맞물리듯, 제국과 맞

닿은 여러 왕국에서도 하나 둘 소란스러운 움직임이 일어
나기 시작했다.

제국전쟁이 끝나고 13년,

대륙은 새로운 변화를 준비하고 있었다.

＊

붉은 그림자 부족의 대전사 막투는 진군 내내, 얼굴 가
득 불만을 내비치고 있었다.

'이런 건 우리답지 않아!'

지나온 마을마다 여전히 생명체가 살아 숨 쉬고 있다는
게 그의 신경을 건드렸다. 그들의 본능을 따른다면 철저한
파괴를 일삼아야 했기 때문이다.

'등 뒤에 적을 남겨놓고 온다는 건, 우리의 방식이 아니
다.'

하지만 그럼에도 불구하고 이를 따랐다.

'전쟁이니까!'

애써 본능을 억누르며 '작전'을 이행하고 있는 것이다.

그 덕분일까? 순식간에 메스탄 지방을 가로질러, 어느
새 루마니언 지방의 경계에 발을 디딜 수 있었다.

〈강렬한 자극이 필요합니다.〉

문득, 목재가면의 인간 사내가 해 줬던 '작전'의 내용이

떠올랐다.

〈다른 무엇보다도 칼레이드 제국의 옛 수도 점령이 최우선 사항입니다.〉

당시, 이 부분에 대한 반발이 적지 않았다.

〈우리는 등 뒤에 적을 두지 않는다!〉

그들 붉은 그림자 부족만이 아니라 일족 전체의 공통된 생각이었다. 대전사들이 하나같이 입을 모아 반대의견을 내세웠다.

또한 일족의 '책사'라고 불리는 대주술사 '야오탄' 역시도 가면사내의 계획에 고개를 저었다.

〈제국에 자극을 주는 작전은 좋다. 하지만 등 뒤에 적을 두면, 우리는 앞뒤로 적을 두게 된다. 우리 일족을 우습게 여기지 마라.〉

이미 야오탄의 이야기처럼 되고 있었다. 아마도 지금쯤이면 정비를 끝낸 메스탄 지방의 병력들이 등 뒤를 쫓고 있을 터였다.

일족 모두의 반대 속에서, 가면사내는 태연히 다음 계획을 설명했다.

〈전에도 말씀 드렸듯이, 원정단은 여러 차례로 나눠서 꾸릴 겁니다.〉

막투의 붉은 그림자 부족을 비롯하여, 다른 장소에서 동시다발적으로 나타난 변이종족들이 첫 번째 원정단이었다.

각기 일족 내에서도 손에 꼽히는 전사들로만 이뤄진 정예의 원정단이었다.

오로지 이동 속도에 치중하다 보니, 식량에 관한 부분도 최소로 필요한 양만 챙겼고, 중간중간 그레이브의 지원으로 해결을 보며 이동해 왔었다.

이후, 메스탄 지방을 꿰뚫으며 그곳의 식량을 약탈하여 배를 채우는 방식으로 그들의 이동은 결정되었다.

2차 원정단은 첫 번째보다 더 많은 규모에 제대로 된 전쟁준비를 갖춘 이들이었다. 때문에 그들의 전진은 느릴 수밖에 없었다.

첫 번째 원정단이 떠나고 얼마 안 있어서, 그 뒤를 따른다고 했으나, 그 규모로 인한 이동속도 때문에 상당한 기간을 둔 채 등장을 할 터였다.

〈최대한 빨리. 점령을 해 주십시오! 기선제압은 여러분의 속도에 달려 있습니다.〉

답답한 가슴의 불만을 억누를 수 있는 건, 당시의 이 대화를 기억하기 때문이었다.

게다가 오는 와중에 제법 피를 본 덕분에, 급한 불길은 잠재운 상태이기도 했다.

'최대한 빨리!'

눈을 빛내며 재차 진군 속도를 재촉하려는 찰나였다.

파파파팍…

전신을 두드려 맞은 것 같은 강렬한 투기가 저 멀리서 날아들었다. 어찌나 강렬했던지 일순간에 등가가 축축해져 있었다.

주변의 다른 전사들 역시 이를 느낀 듯, 긴장한 표정으로 걸음을 멈추고 있었다.

'누구냐?'

급히 전방으로 시선을 던져 보내는데, 저 멀리 들판의 한편으로 장대한 체구의 사내가 걸어오는 게 보였다.

'강하다!'

전해지는 기세에 불현 듯 떠오르는 얼굴이 있었다.

'로드!'

그들 일족 최강자인 오크로드의 얼굴이 떠올랐다. 일족의 정점을 연상시킬 정도로 강렬한 존재가 저 앞에서 걸어오고 있는 것이다.

거리가 가까워지고, 점차 상대편의 모습이 제대로 눈에 들어오게 될 즈음, 등 뒤로 오싹한 전율이 타고 올랐다.

꿀꺽!

어쩌면 그가 생각하던 일족의 최강자보다 한 수 위일지도 모른다는 불안감이 스쳤다. 이런 감정들이 얼굴에 그대로 드러난 것일까?

"눈치가 제법이네."

순간 들려온 음성이 귓전을 때렸다. 아직 거리가 상당하건만 바로 옆에서 속삭이는 것 같은 이 음성은 무엇이란 말인가.

'마법사?'

잠시 그런 생각도 했으나, 본능적으로 느끼고 있었다. 상대는 전사였다. 그것도 대전사 이상의 특별한 강자였다.

"실력도 제법인 것 같고."

저 멀리 다가오던 사내가 등 뒤로 손을 뻗는 게 보였다. 그러더니 이내 그 체구만한 크기의 대검을 앞으로 세우는 게 아닌가.

꿀꺽…

긴장감이 전신을 타고 올랐다. 등 뒤에 맨 배틀 엑스에 이미 손이 닿아 있었다.

이런 그의 전투태세에 이미 다른 전사들도 자세를 잡고 있었다.

막투의 시선이 전사 '발루마'에게 향했다. 인간 세상의 강자들에 대해 빠삭한 그를 통해, 상대의 정체를 파악하려는 의도였다.

시선을 돌린 순간 하얗게 질린 발루마의 얼굴을 확인했고, 이를 통해 발루마가 상대의 정체를 알고 있다는 걸 깨달았다.

막투의 시선을 눈치 챈 것일까? 발루마의 입이 열렸다.

"용병왕…."

짧은 그 한 단어에 정신이 번쩍 들었다.

'대륙의 별!'

오크로드와 동급이라고 불리는 강자 중 한명이 눈앞에 등장한 것이다.

피부를 저릿하게 만드는 이 기세가 거짓이 아니라는 걸 새삼 실감하는 순간, 뜨거운 열기가 전방에서부터 밀려들었다.

호흡마저 가빠질 것 같은 그 뜨거운 공기 속에서, 거구의 사내, 용병왕 크라이온이 외쳤다.

"여긴 지나갈 수 없다."

그러며 대검을 들판 깊숙이 박아 넣는다.

쿠우우우웅…

마치 지진이라도 일어난 듯, 대지가 부르르 떠는 게 느껴졌다.

'용병왕!'

한순간에 그 칭호가 뇌리 깊숙이 각인되었다. 본능이 외치고 있었다.

물러나라! 도망쳐라!

뿌드득!

이를 거칠게 갈아 마시며 애써 투지를 일깨웠다. 그 기세를 실어 배틀 엑스를 뽑아들었다.

"전진한다!"

모두에게 들릴 수 있도록 목청껏 외쳤다.

쿵! 쿵! 쿵! 쿵!

그 기세가 전달된 것인지, 전사들이 일제히 무기를 뽑으며 힘껏 걸음을 내딛었다. 일부러 기세를 일으키려는 듯, 걸음걸음에 힘을 박아 넣고 있었다.

"전진!"

막투가 재차 목청을 높이며 선두에 섰다.

크라이온은 다가오는 오크무리들을 바라보며 눈살을 찌푸렸다.

'쯧! 귀찮게….'

여러모로 맘에 들지 않는 전투였다. 특히, 몬스터라고 여겼던 상대에게서 제법 쓸 만한 투기를 전달받아 버렸다. 생각보다 괜찮은 전사들이 눈앞에 있다는 걸 느낀 것이다.

하지만 그렇다고 해서 마음이 약해질 이유는 없었다. 이곳은 전장이었고, 저들은 그의 '적'이었다.

슬쩍 오크무리의 규모를 살폈다.

"1000… 조금 넘나."

그것도 일반적인 오크가 아닌, 전투를 할 줄 아는 전사들로 일천이었다. 인간으로 치자면 일천 기사의 진군이라고 표현해도 과언이 아닌 것이다.

아무리 경지를 넘었다지만, 이 정도의 전투는 그에게도
부담이 될 수밖에 없었다. 대검을 쥔 손에 힘이 빡 들어갔
다.

"진군한다!"

저 앞에서 들려오는 우렁찬 외침에 크라이온이 바닥에
꽂아놓았던 대검을 뽑아들었다.

등 뒤는 루마니언, 그의 새로운 고향이었다. 저기에 저
들의 발을 들이지 않으려면 이곳에서 끝을 봐야만 했다.

"오냐! 진군이다."

크라이온 역시 전방으로 걸음을 내딛었다.

1대 1000의 전투가 시작됐다.

바로 옆 지방에서 몬스터들이 출몰했다는 소식을 들었
다고는 하나, 스테일 남작령의 분위기는 전과 크게 달라진
건 없어보였다.

어른들의 경우에는 안색을 굳힌 이들이 여럿 있기는 했
으나, 그럼에도 불구하고 일상에 변화를 보이지는 않았다.

"이래서 전쟁 경험이 없는 놈들은…."

오늘 막 이곳에 발을 들인 '메타드'는 이런 남작령의 풍
경이 상당부분 거슬렸다.

그의 뒤를 따르던 '에낙'과 '스카단'이 동의한다는 듯, 고개를 끄덕이며 주변을 돌아보고 있었다.

"그래도 분위기가 나쁘지는 않은 것이, 확실히 살만한 동네인 것 같긴 하네."

에낙의 말도 틀린 건 아닌지라, 스카단이 재차 고개를 끄덕이며 말했다.

"칼렌이라는 놈도 그래서 여기에 정착한 거겠지."

"배신자가 사는 곳은 여기가 아닐 텐데."

메타드가 그렇게 딴죽을 걸어왔으나, 스카단은 어깨를 으쓱이며 태연히 받아쳤다.

"어차피 같은 영지 소속이니까. 비슷하겠지."

그러면서 에낙을 향해 물었다.

"배신자 칼렌에 대해서 따로 들어온 보고는 없었어?"

"뭐, 저번에 들어온 게 끝이야. 솔직히 배신자라고는 하지만, 하부 요원일 뿐이잖아. 특별한 사항이 있을 이유는 없지. 눈에 걸리지만 않았더라면 계속 무시하고 있었을 걸."

"확실히… 그런 하급 요원한테 우리 같은 처리반이 움직이는 것 자체가 인력낭비긴 하지."

그들 셋은 그레이브의 배신자들을 정리하는 처리반으로써, 칼렌과 에리스를 지우기 위해 이곳에 온 것이었다.

"아루낙 마을이라고 했던가?"

스카단의 물음에 에낙이 저 앞으로 보이는 중앙 분수대를 가리키며 대답했다.

"30분 뒤에 저기서 출발이야."

현재 그들은 사람들의 시선이 띄지 않는 그늘진 자리에서 휴식을 취하는 중이었는데, 직업의 특성으로 인해 자연스레 생긴 버릇이었다.

"아이도 있다던 것 같던데… 처리해야 하나?"

에낙이 스카단을 향해 물었다. 그가 이들 조원의 장이기 때문이었다.

잠시 턱을 괴던 스카단이 에낙을 바라보며 되물었다.

"아이가 몇 살이라고 했지?"

"자세하게는 안 나왔는데, 보고서에는 7~8살은 되어 보인다고 하던데."

"자랄 만큼 자랐군."

"역시… 처분하는 건가?"

"어쩔 수 없잖아. 그 나이대면 기본적인 개념 정도는 잡힐 나이니까. 괜히 복수니 뭐니 하면 귀찮으니까."

스카단의 이야기에 에낙과 메타드가 고개를 끄덕이는 순간이었다.

"쯧!"

짤막한 잡음 하나가 그들 사이로 끼어들었다.

'누구냐!'

세 사람이 동시에 몸을 퉁기며 상대를 확인하려는데, 거짓말처럼 그들의 몸이 굳어있었다. 앉아있던 자세 그대로 움직이질 못한 것이다. 음성도 나오질 않았다.

"듣자, 듣자 하니까. 아주 못 하는 말이 없네."

그들은 빙 둘러서 앉은 상대라서 각자의 뒤편을 확인하는 게 가능했다. 하지만 세 사람의 동공은 정처 없이 허공만을 맴돌 뿐이었다. 그들의 후미에는 아무도 없기 때문이었다.

"감히, 우리 귀여운 모네를 어떻게 해? 처분? 쯧!"

그럼에도 불구하고 귓전에 속삭이듯 들려오는 이 음성은 무엇이란 말인가.

'이게… 대체?'

소름이 끼친다고 해야 할까?

하나같이 익스퍼트 중급은 넘어서는 게 처리반의 실력이었다. 특히, 그 중에서도 조장급인 스카단의 실력은 상급에 올라 있을 정도였다.

헌데, 그런 스카단마저 육신의 자유를 뺏긴 것이다. 어떤 방법으로 이런 상황에 처한 것인지를 모른다는 게 더욱 소름 끼치는 원인이었다.

'대체 누가?'

문득 상대가 꺼낸 '모네'라는 이름이 생각났다. 그들이 처분하겠다고 한 배신자의 아이가 아닐까 하며 추측을 하고 있는데, 불현 듯 주변의 풍경이 바뀌는 게 아닌가.

'허엇!'

경악성을 내뱉고 싶었으나, 입과 숨구멍마저 틀어 막혀서 동공만 잔뜩 키울 뿐이었다. 점차 숨이 차오르는 터라, 얼굴이 붉어지는 중이기도 했다.

어떻게 된 것인지, 그들 세 사람은 현재 골목길로 보이는 장소에 기대어 앉아 있었다. 침을 꼴깍 삼키면서 이 괴현상에 적응하려 노력하는데, 문득 한 사내가 그들 앞에 모습을 드러냈다.

'누구?'

처음 보는 얼굴이었다. 제법 큼직한 신장이 인상적이기는 했으나, 그다지 눈에 띄는 얼굴이 아닌 흔한 이미지의 사내였다.

그가 손가락을 딱 하니 튕긴다고 여긴 순간, 거짓말처럼 세 사람의 숨통이 트였다.

"허억… 헉… 허억……."

말문도 열렸다는 걸 깨달은 스카단이 조심스레 물었다.

"누구… 십니까?"

이에 상대가 싸늘하게 바라보며 답했다.

"사신."

알 수 없는 대답에 눈을 동그랗게 뜨는 찰나, 거짓말처럼 어둠이 찾아들었다.

콰직!

에낙과 메타드의 안색이 하얗게 질려갔다. 의문의 사내
가 대뜸 스카단의 머리를 박살내 버린 까닭이었다. 너무도
허망한 그의 죽음에 잠시간 사고가 정지해버렸다.

하지만 육신만큼은 충실히 공포를 느끼고 있던 듯, 바르
르 떨리고 있었다. 그런 둘을 향해 사내가 물었다.

"그레이브냐?"

대답은 없었다. 하지만 신경 쓰지 않는 듯, 사내는 계속
말을 이었다.

"뭐, 칼렌을 보러 온 거라면, 뻔한 일이겠지."

고개를 끄덕거린 사내가 양 손을 뻗어 에낙과 메티드의
머리를 잡았다.

"아… 안 돼!"

이어질 광경을 짐작한 듯, 에낙이 급히 말문을 열었으나
사내는 주저 없이 악력을 발휘했다.

콰직!

앞서 스카단과 같은 몰골로 둘의 육신이 무너져 내렸다.
그레이브의 처리반 삼인을 바라보던 사내가 눈살을 찌푸
리며 허공으로 시선을 보냈다.

"그레이브라…."

사내, 제튼은 쓰게 웃으며 고개를 흔들었다.

"여기까지 찾아 올 줄이야."

그가 아닌 칼렌 때문에 온 것이었으나, 어쨌든 아루낙 마을이 저들의 입에 올랐다는 건 상당히 중요한 문제였다.

"후우… 어쩔 수 없는 건가."

짙은 한숨이 입술을 비집고 흘러나왔다.

일단은 기다리기로 했다.

'크라이온 그놈이 올 때까지는 있어야겠지.'

마음 같아서는 크라이온을 외부로 돌리고 싶었다. 모네가 노려졌다는 걸 안다면 충분히 부려먹을 수 있을 터였다. 하지만 이내 고개를 흔들었다.

'집 지키려고 잡아놓은 놈이니까.'

애초에 크라이온을 곁에 둔 이유가 무엇이던가. 당장 그가 없을 때, 주변을 지키기 위해서가 아니던가.

몬스터들의 진군을 막고자 크라이온이 움직인 것도, 이러한 의도에서 크게 벗어나지 않는 일이었다.

루미니언 지방!

딱 그 안으로 들어오는 몬스터들만 처단할 것이기 때문이다. 다른 지방의 몬스터들은 신경 쓸 생각이 없었다. 게다가 크라이온 역시도 아루낙 마을에 위협거리가 되는 부분만 제거하려고 움직이고 있었다.

'불러놓은 마졸 놈들도 있고.'

아직 도착했다는 소식은 없었으나, 그래도 분명 누군가 한명 이상은 제국에 모습을 드러낼 것이라고 여겼다.

　카이든과 만남을 주선하기 전에, 그가 먼저 대화를 나눌 생각이었다.

　"후우…."

　한숨을 내쉬는 그의 시선이 쓰러진 셋에게 향했다. 핏물이 골목길을 적시며 불쾌한 공기를 만들어내고 있었는데, 제튼이 한 차례 손짓을 하자 거짓말처럼 탁한 공기가 날아갔다. 동시에 핏물에 적셔졌던 골목길의 풍경이 깨끗하게 새 단장을 갖추는 게 아닌가.

　어느새 셋의 신형도 사라지고 없었다.

　"우선은 칼렌을 만나봐야 하려나."

　그리 중얼거리던 제튼이 고개를 흔들었다. 그와 칼렌의 관계를 떠올린 까닭이었다. 좀 더 정확히는 천마로 인한 악연이었으나, 어쨌든 서로 사이좋게 정보공유를 할 만한 사이는 아니었다.

　십여년의 세월동안 한 동네에 살며 제법 부대낀 덕분에, 서로간의 어색함을 제법 지워냈다. 하지만 이번 사건을 입에 올리는 순간, 세월로 쌓은 이웃의 정이 무너져버릴 수도 있었다.

　'아무래도… 그건 싫으니까.'

　굳이 칼렌을 통하지 않더라도 정보를 구할 방법은 많았다.

단지, 그 대상과 마주해야 한다는 게 문제가 될 뿐이었다.

"에휴… 어쩔 수 없지."

팔라얀 상단의 정보력과 로렌스를 떠올리니, 절로 미간에 주름이 새겨졌다. 한숨과 함께 고개를 절레절레 흔들며 골목을 벗어났다.

태양빛을 머금은 것처럼, 금빛 찬란한 머릿결에 달빛마저 새겨 넣은 듯, 신비롭게 빛나는 백금발이 먼저 시선을 사로잡는다.

뒤이어 한 겨울 새하얀 눈송이로 빚어놓은 듯, 순백의 피부를 자랑하는 얼굴빛이 잡아 놓은 시선을 홀리기 시작한다.

그 순백의 들판을 지나다 보면, 호수처럼 맑고 별빛처럼 영롱한 눈동자와 마주하고야 마는데, 그 순간 영혼마저 빠져들게 되는 것이다.

그야말로 매력이며 마력이고 마성이라는 단어가 아깝지 않은 존재.

황제!

대 제국 칼레이드의 정점이자 대륙 제일의 미인이라는 칭호를 지닌 미의 화신과도 같은 여인이 눈앞에 있었다.

'젠장!'

절로 욕설이 나오는 외모였다.

그녀의 존재를 인정하기 싫건만, 저 미모를 마주하면 저도 모르게 탄성을 내지르게 된다.

더욱 놀라운 건, 저 미모가 끝이 아니라는 점이었다. 마치 드워프의 장인들이 직접 조각을 해 놓은 것 마냥, 완벽이라는 말이 어울릴 정도로 매력적인 몸매가 저 얼굴 아래로 완성되어 있었다.

황제의 권위를 지키고자, 여러 겹으로 완성시킨 저 불편한 복장이 아니었다면, 얼굴이 아닌 몸매에서도 좌절감을 맛봤을지도 몰랐다.

'망할 년!'

로렌스는 애써 침착함을 유지하며 황제에게 말을 건넸다.

"상황이 안 좋다."

무례하게도 반말이었으나, 황제는 크게 개의치 않는 모습이었다. 이미 오래전부터 그녀들의 관계는 이래왔기 때문이었다.

대외적인 자리가 아니고서야, 서로에게 예의를 차리는 일은 없을 터였다.

황제가 시선을 건네 왔다. 계속 말해보라는 의미였다. 마치 부려지는 것 같은 느낌에 기분이 나빴으나, 애써 불만을 삼켜내며 이야기를 이었다.

"지금 동부를 휩쓴 몬스터 부대는 우리 애들이 파악하지 못한 녀석들이야."

그러며 호흡을 한 차례 고르며 반응을 살폈다. 여전한 태도로 황제가 시선을 보내오고 있었다. 밋밋한 그녀의 반응에 짜증이 확 치밀었으나 이야기를 멈추지는 않았다.

"지금 감시하고 있는 전력은 지금 동부를 휩쓴 변이종족보다 더 많아. 게다가 애들이 놓친 무리도 제법 있는 것으로 봐서, 그냥 일반적인 습격 정도로 생각했다가는 호되게 당할 걸."

그러면서 비릿한 웃음을 던져주며 재차 반응을 살피는데, 여전히 황제의 반응은 태연하기만 했다.

"상관없다."

"피해가 클 텐데?"

"방만하게 지냈다면, 어쩔 수 없는 일이지."

'냉정한 년!'

제튼 때문인지는 모르겠으나, 말 한마디 한마디가 전부 마음에 들지 않았다.

"어차피 전쟁은 피할 수 없다."

황제의 이야기는 전해 받은 주변 왕국들의 반응을 토대로 내린 결론이었다.

날개를 잃어버린 까마귀의 정보력으로는 주변 국가를

살피기가 어려웠는데, 그 부분을 팔라얀 상단의 정보력으로 채워 넣은 상태였다.

그녀들의 관계 때문에 제대로 된 정보가 아닌, 상당히 꼬고 비틀어서 복잡하게 뒤섞인 정보를 건네줬다. 하지만 그것만으로도 충분했다. 까마귀에는 이 모든 걸 풀이할만한 요원들이 많기 때문이었다.

비록 몸통밖에 남지 않았다고는 하나, 그들 개개인의 능력은 변함이 없었다.

"이참에 십여 년 전에 마무리 짓지 못한 일을 처리할 생각이다."

황제의 이야기에 로렌스의 두 눈이 얇아졌다.

'끝내지 못한 일?'

과연, 그게 무엇일까?

'설마…'

불현 듯 떠오르는 내용이 있었다.

'대륙정벌!'

브라만 대공이 일선에서 물러나며 제국의 진군이 멈췄고, 자연스레 대륙정벌 역시도 일시적으로 중단되어버렸다.

그 와중에 대공이 자취를 감추고, 일시적으로 중단이라 여겼던 진군은 '마무리'라는 단어로 다시 쓰여야만 했다.

"그가 약속했지."

문득, 황제가 입을 열었다.

〈대 제국의 주인으로 만들어주마.〉

로렌스의 눈이 빛났다. 대공에 관한 이야기라는 걸 알았기 때문이다.

"확실히, 그는 약속을 지켰다."

그녀가 바라던 것 역시 이뤄줬다.

〈세상을 굽어보게 만들어 줘.〉

대 제국 칼레이드의 황제라는 자리는 충분히 전 대륙을 발아래로 둘 정도가 됐다.

"하지만 딱 거기까지였다."

대륙 모든 왕국이 발밑에 납작 엎드린 순간, 그들의 진군은 멈췄고 제국은 깃발을 한 자리에 꽂았다.

황제의 시선이 로렌스에게 향했다.

"몬스터들의 침공이 위험하다고 했나?"

그녀의 입 꼬리가 살짝 올라갔다.

"과연, 누가 위험할까?"

순간, 입술이 바싹 마른다고 느낀 건 착각일까? 혀를 굴리던 로렌스는 자신이 긴장했다는 걸 깨닫고는 미간 가득 주름을 잡았다.

그 모습이 재밌었던 것인지, 황제가 한층 진해진 미소를 입에 그리며 말했다.

"매번 말하지만, 반말하지 마라. 나이도 어린 게."

그리고는 휙 하니 자리에서 일어나 방을 나서버린다. 홀로 남은 로렌스가 주먹을 부르르 떨며, 그녀가 나간 문을 노려봤다.

"몇 살이나 차이가 난다고, 망할 년! 늙은 년!"

잠시 씩씩대던 그녀였으나, 이내 주먹에 힘을 빼며 호흡을 골랐다.

대륙 제일의 상단을 휘어잡는 그녀이건만, 이상하게도 황제 앞에만 서면 위축되는 기분이 들었다. 때문에 더욱 자존심이 상하는 것일지도 몰랐다.

황제가 나간 문에서 시선을 뗀 그녀가 조금 전의 대화를 곱씹었다.

"침공을 역으로 이용하겠다니. 미친 년! 확실히 제정신이 아니야."

고개를 절레절레 흔든 그녀도 이내 자리에서 일어났다.

◆

밀실을 나온 황제는 비밀 통로를 이용해 자신의 침실로 돌아왔다.

방에 도착하기가 무섭게 영롱하던 눈동자 위로 한 줄기 음영이 그려졌다.

'로렌스.'

오래 전부터 알고 있는 사이로써, 우습게도 한 남자를 사이에 둔 채 눈싸움을 벌이는 관계였다.

'오늘도…인가.'

고운 입술을 비집고 한 줄기 한숨이 흘러나왔다.

브라만 대공!

그에 관해서 묻고자 하였으나, 결국 오늘도 묻지 못했다. 매번 입안에만 굴리다 삼켜버리는 질문이 답답하게 가슴을 두드렸다.

"후우…."

나직한 한숨과 함께 창가로 걸어갔다. 은은한 달빛이 창을 타고 내려와 그녀의 머리위로 쏟아졌다. 창 너머로 시선을 보내기 무섭게 눈에 담기는 건축물이 있었다.

사자의 탑!

그의 거처이자 '그녀들'의 거처였던 장소가 눈에 들어왔다. 순간적으로 가슴 한편에 열기가 치솟았으나, 짧은 한숨과 함께 털어냈다.

"어디에 있는 건지."

잠시 탑을 바라보던 그녀가 시선을 거둬들이며 침대로 향했다. 밤이 깊은 시각이었다. 내일 업무를 생각한다면 이만 잠자리에 들어야 했다.

촤악!

붉은 핏물이 피어오른다. 짜릿한 통증이 등 뒤를 적셨다. 칼날이 스쳐갔다는 사실에 짜증이 확 치밀었다. 그 분노를 담아 힘껏 대검을 휘둘렀다.

서걱!

단번에 생의 불길을 썰어버리는 일격이 펼쳐졌다. 무시무시한 일격이었으나, 이를 인지하지 못하는 것인지 여전한 기세로 달려드는 적들이 보였다.

제대로 호흡을 고를 겨를도 없이 재차 몸을 움직이고 검을 놀려야만 했다. 오랜만에 검이 무겁다고 느꼈다.

'어쩔 수 없나.'

벌써 3일을 연달아 전투만 치르고 있었다. 쉬는 시간이라고는 중간에 이동을 할 때뿐이었으나, 그나마도 전력으로 내달리느라 휴식을 취한다는 의미가 없었다.

붉은 그림자 부족의 오크 일천.

마른나무 부족의 고블린 사천과 일백의 트롤.

그리고 오늘,

'푸른 도끼 부족…이었나?'

또 다시 이천의 오크무리를 상대로 검을 휘두르고 있었다. 매 전투가 하루를 몽땅 투자하는 느낌이었다. 게다가 이번에는 오크들 외에도 삼십의 오우거를 상대해야만 했다.

특히, 두 개의 머리를 달고 있는 트윈 헤드 오우거라는 독특한 몬스터와의 전투는 생각 이상으로 치열했다.

어린 오우거라 할지라도 익스퍼트급 기사의 실력은 필요했고, 성인 오우거의 경우는 익스퍼트 상급 수준은 되어야 상대가 가능했다.

그런 일반적인 오우거보다 더욱 강렬하다는 트윈 헤드 오우거가 저들 무리의 대표로 움직이고 있었다.

'마스터에 버금간다는 게 거짓말이 아니었어.'

몬스터 특유의 괴력을 생각한다면, 마스터라 해도 상대하기가 쉽지 않을 거라고 여겨졌다. 기본적으로 그들은 '오러'라는 특별한 힘에 기대는 반면, 오우거의 경우에는 타고난 신력으로 모든 걸 해결하기 때문에, 지구력 면에서 승부가 갈릴 수도 있었다.

'힘으로 밀리는 건 처음이었지.'

자존심싸움이라고 해야 할까?

지난바 실력이 아닌, 조금 무식한 대결을 펼쳤고, 경지 너머의 실력을 지니고서도 적잖은 고생을 해버렸다.

덕분에 이천의 오크를 상대하는 내내 진이 빠지는 경험을 할 수 있었다.

"흐랏차!"

그답지 않은 격한 기합성과 함께 상대를 힘껏 밀쳐내며

대검을 크게 휘둘렀다. 범위 안에 있던 오크 다섯이 한꺼번에 베어지며 빈 공간이 드러났다.

'그래도… 얼추 끝나가네.'

해가 머리 꼭대기에 올랐을 즈음 시작된 전투였건만, 어느새 저 멀리 붉은 그림자를 남기며 사라지고 있었다.

오로지 전사로만 이뤄진 이천의 오크였다. 대전사라 불리는 실력자들도 끼어있던 탓인지, 생각 이상으로 고된 전투였다.

"후우… 후우….”

숨이 기칠어신 게 그 증거였다.

'이렇게 진땀 빼는 것도 오랜만이네.'

슬쩍 시선을 돌려보니 일백을 조금 넘는 오크들이 보였다. 여전한 기세를 지닌 채, 빈 공간을 메우며 달려들고 있었다.

'쉴 시간을 안 주는구만.'

보통 이 정도로 막강한 모습을 보여주면 두려움에 물러서기 마련이건만, 이들은 마치 죽음을 각오하기라도 한 듯, 오히려 더욱 저돌적으로 몸을 던져왔다.

'그래서 이렇게 피곤한 거지.'

3일 내내 이런 놈들과 전투를 치렀기 때문이었다.

'하긴, 차라리 도망치는 놈들을 잡는 것보다는 편하니까.'

상념을 하는 와중에도 오크들의 돌진은 멈추지 않았다.

'이놈들만 끝내면!'

집으로 돌아가 쉴 수 있다는 생각에, 사내, 크라이온 역시도 쉬지 않고 대검을 휘둘렀다.

3일의 알려지지 않은 전투가 끝나고, 루마니언 지방은 몬스터의 침공에서 한 걸음 벗어날 수 있었다.

❖

크라이온은 3일 밤낮으로 쉬지 않고 내달리며 전투를 치르다 겨우 복귀했다. 기분 좋게 씻고 모네를 만나러 갈 생각이었건만, 불쾌한 소식이 그 모든 계획표를 어그러트렸다.

"그레이브?"

잔뜩 구겨진 표정이 실로 인상적이었는데, 제튼에게 처리반의 소식을 전해 받은 까닭이었다.

"모네를… 감히!"

이가 갈렸다.

"건방진 놈들."

감정의 격류에 몸서리치는 크라이온의 어깨로 제튼의 손이 올려졌다.

"네가 마을 좀 지키고 있어라."

그 순간 크라이온의 성난 불꽃이 제튼에게로 향했다. 당장이라도 튀어나갈 채비를 하려는데, 대뜸 그의 발목을 잡는 이야기를 던지니 어찌 성이나지 않겠는가.

"벌써 3일이나 모네를 혼자 뒀잖아. 분위기도 어수선한데 기왕이면 옆자리를 지켜야지."

아이를 내세운 게 먹힌 것일까? 뜨겁게 타오르던 눈동자의 온도가 급변하는 게 보였다.

"어차피 그레이브라는 조직은 내가 끝내야 할 놈들이었어." '

작게나마 사정을 알고 있는 크라이온이기에, 그 말에 입맛을 다실 수밖에 없었다.

"언제 움직일 겁니까?"

"지금."

만족스러운 대답이었던지 크라이온의 눈에서 독기가 한 꺼풀 걷혔다. 그러다 뭔가 생각이 난 듯, 제튼을 바라보며 재차 묻는다.

"형수님께 이야기는 했소?"

"아니."

하루 이틀로 끝날 일도 아닌데, 적당히 변명거리는 만들어놓고 움직여야 하는 거 아니요?"

제튼이 어깨를 으쓱이며 답했다.

"무슨 며칠씩이나. 저녁 먹을 때 돌아올 건데."

"…뭔 개소리요?"

"말 그대로다. 밥은 집에서 먹어야지."

크라이온이 격하게 귀를 후볐다.

"자꾸 헛소리가 들리네."

그의 모습에 제튼이 고개를 절레절레 흔들며 발길을 돌렸다. 할 말은 대충 끝냈다고 여긴 까닭이었다.

"어디 갑니까?"

"말 했잖아. 지금 움직인다고."

"거, 동네 한 바퀴 돌다 오는 것도 아닌데…."

무어라 더 말하기도 전에 이미 제튼의 신형은 저 멀리 사라지고 있었다. 순식간에 점이 되어 시야에서 벗어나는데, 채 한 호흡이 끝나기도 전에 벌어진 어마어마한 거리에, 크라이온이 눈을 동그랗게 떴다.

제튼의 이동속도가 빠르다는 건 알고 있었으나, 지금 보여주는 속도는 상상을 한참이나 웃도는 것이었다.

'그러고 보니….'

반나절이면 제국 수도를 찍고 올 수 있다는 우스갯소리를 들었던 것도 같았다.

"…농담이 아니었나. 하!"

벙찐 얼굴로 제튼이 사라진 하늘을 바라보던 크라이온이 한숨과 함께 발길을 돌렸다. 집으로 향하는 길, 모네의

잠꼬대 소리가 귀에 담겨와 한숨 너머로 웃음이 나왔다.

3일간의 전투로 피로해진 육신에, 작게나마 활력이 돌고 있었다.

◈

단시간에 동부 네 개의 지방이 뒤집혔다는 소식이 전해지자, 마치 남의 일처럼 여유롭기만 하던 제국 중앙의 공기도 크게 술렁이기 시작했다.

'슬슬 움직이는 건가.'

마르셀론 공작은 전보다 한층 뜨거워진 대전의 분위기를 생각하며 입 꼬리를 말아 올렸다.

'늦었어.'

이미 몬스터들의 진군이 '카루안' 지방까지 도달했다는 보고를 받았다. 칼레이드 제국의 옛 수도가 지척이었다.

아직 황실에는 도달하지 않은 정보였으나, 팔라얀 상단의 도움으로 재구축된 정보체계를 생각해 본다면, 늦어도 내일 중으로는 도착할 것으로 여겨졌다.

"무슨 좋은 일이라도 있으신 모양입니다."

상념을 깨는 소리에 입 꼬리가 제자리를 찾았다. 저 앞으로 눈에 익은 인물이 다가오고 있었다.

'차룬 백작!'

중립파의 귀족으로써 익스퍼트 상급의 실력자였다.

"뭐… 재밌는 일이 하나 있기는 했지."

"같이 좀 즐길 수 있겠습니까?"

"별 건 아닐세. 이번에 조카 녀석이 괜찮은 아가씨를 데리고 왔는데, 그 딱딱한 녀석이 수줍음을 타던 걸 생각하니 웃음이 나더군."

그 말에 차룬 백작이 눈을 빛냈다.

마르셀론 공작이 말하는 조카란 '하이롬 에드갈'을 말하는 것으로써, 혼인을 치루지 않은 공작의 사정으로 인해, 실질적인 공작가의 후계자로 알려진 존재였다.

"이거 참. 제가 한 번 자리를 주선해보고 싶었는데, 아무래도 한 발 늦어버린 모양입니다."

웃으며 그리 말을 건네는데, 돌연 한 줄기 메시지가 귓속을 울렸다.

[준비는?]

차룬 백작의 시선이 마르셀론 공작에게로 향했다. 그가 보낸 메시지 마법이라는 걸 알기 때문이었다. 그 역시 메시지를 보냈다.

[절반가량은 설득을 마쳤습니다.]

[나머지는?]

[배덕의 무리가 대부분입니다.]

마르셀론 공작이 고개를 끄덕이며 만족스런 미소를 지어보였다.

황실파의 실권자와 귀족파의 권력자.

대외적으로 알려진 그들의 위치였다. 하지만 그 내부로 들어가면 약간은 다른 관계가 드러나게 되는데, 좀 더 정확히는 과거의 관계로 넘어가야만 했다.

칼레이드 '왕국'의 적법한 후계자인 '왕자'와 왕실의 충실한 '신하'의 관계!

그게 바로 그들 사이에 숨겨진 비밀이었다. 헌데, 어찌하여 그가 중립파에 몸을 담고 있는 것일까?

이는 제국 파벌과 연관이 있었다.

황실파와 귀족파!

이 두 개의 파벌은 기본적으로 칼레이드 왕국에 뿌리를 둔 귀족, 제국 전쟁을 통해 타국에서 넘어온 귀족. 이렇게 분류할 수 있었다.

그리고 중립파!

이 두 개의 파벌에서 따로 떨어져 별도로 행동하는 귀족들이었다.

황실파는 분명 칼레이드 왕국에 뿌리를 두고 있었다. 하지만 그들은 '대공'을 따르고 '황제'를 받드는 이들이었다.

때문에 마르셀론 공작은 '왕국'의 신하들을 거두고자

계획을 꾸몄다. 이를 위해 움직인 것이 차룬 백작이었다.

중립파에 몸을 담은 채, '왕국'의 신하들을 끌어 모은 것이다.

황실파와 귀족파 그리고 중립파. 이들 세 파벌에서 또 새롭게 별도의 파벌을 만들어 다가오는 새 시대의 발판으로 쓰고자 했다.

[배덕자들은 귀족파와 줄이 닿아 있어서, 손을 뻗지 않았습니다.]

차룬 백작이 말한 배덕의 무리란, 중립파 중에서도 귀족파 측에 뿌리를 두고 있는 이들을 말하는 것이었다.

실질적으로 그들 대부분은 제국 전쟁을 통해, 자국을 배신한 채 제국에 몸을 담았기 때문이다.

[그리고…아무래도 파스카인 공작이 뭔가 눈치 챈 것 같았습니다.]

[그 노친네는 생긴 것 같지 않게, 눈치가 좋지.]

잠시 비릿한 미소를 입가에 그린 마르셀론 공작이 차룬 백작에게 메시지를 보냈다.

[신경 쓸 필요 없다. 어차피 그들의 정보력에 걸리지 않는 게 이상한 거다.]

황실의 정보력은 그가 일정부분 손을 쓸 수 있었으나, 귀족파의 경우에는 그게 쉽지가 않았다.

[어차피 전쟁이 시작된 이상, 이제는 물러설 수도 없다.]

등 뒤는 낭떠러지였다. 무조건 전진만이 살길이었다.

◈

몬스터 침공 소식에 발맞춰, 카이스테론 아카데미 기사
학부의 공기가 뜨겁게 데워지고 있었다.

기본적으로 기사학부의 졸업생인 6년차와 졸업 준비생
인 5년차의 경우, 의무적으로 한 달 정도 기간을 두고 군
에 복무하며 실전 경험을 쌓고는 했다.

대개는 수도나 주변 영지의 경비대로 파견을 나가고는
하는데, 아카데미는 이번 몬스터 침공에 5, 6년차 학생들
을 파견 보내려 하고 있었다.

이 소식으로 인해 3, 4년차까지 동시에 흥분상태가 되
어버렸는데, 3, 4년차 학생들도 원하는 이들에 한해서 일
정 기간 실전경험이 가능하기 때문이었다.

물론 졸업반보다 그 기간도 짧고, 근무지에 대한 조건
역시 좋지는 않았다. 하지만 실제 실전을 겪는다는 게 그
들의 가슴을 두드리고 있었다. 게다가 몬스터 토벌이라고
는 하나, 이것도 일종의 전쟁이었다. 당연히 공을 쌓는 게
가능하다는 의미였다.

아카데미의 공기가 달아오르는 건 당연한 수순이었
다.

"어차피 최전선이 아닐, 후방 지원근무라고 하던데. 너무 기대하는 거 아닌가 모르겠네요."

카이든은 이런 아카데미의 분위기가 맘에 안 드는 듯, 입술을 삐죽 내밀며 투덜거렸다. 이 부분은 케빈 역시 동감하는 부분인 듯, 고개를 끄덕이고 있었다.

'너무 시끄러워.'

애초에 조용할 일이 없는 기사학부였으나, 최근 들어 그 소란스러움이 한층 더했다. 귀가 따끔거릴 정도로 여기저기서 수군수군 거리는데, 케빈에게는 상당히 마음에 들지 않는 분위기였다.

그나마 맘에 드는 게 하나 있기는 했다.

'마메리안!'

최근 들어 메리에게 수작질을 하고 있는 귀족가의 자제였다. 파스카인 공작이라는 뒷배를 둔 상당한 거물이었는데, 같은 반의 라반 역시도 그의 밑에 있다는 걸 알고는 완전히 '적'으로 간주하고 있는 존재였다.

그런 마메리안 역시도 이번 몬스터 토벌전에 참가한다는 소식을 들었다. 적어도 한 달 이상은 볼 일이 없다는 소리였다.

유일하게 마음에 드는 부분이었다.

"그런데 형은 안 궁금해?"

문득, 들려온 물음에 케빈이 상념을 털어내며 시선을 돌렸다.

"몬스터 침공 규모가 엄청나다고 하던데, 솔직히…한번 구경하고 싶기는 하더라."

카이든이 불퉁한 표정을 짓게 만든 실질적 이유가 흘러나왔다.

"쳇! 1, 2학년은 병아리라서 불참이라니. 병아리? 내 나이가 몇인데 병아리야."

바로 이것, 신입생과 2년차는 이번 토벌전에 참여할 수 없다는 부분이 그를 불만스럽게 만들고 있는 거였다.

졸업한 이들이 찾는 아카데미네 뭐네 하지만, 실질적으로 그들은 아카데미 1, 2년차로써, 이제 막 기본을 배우는 단계의 학생들이었다.

당연히 실전배치는 아직 무리일 수밖에 없었다. 그런 만큼 아카데미의 조치는 틀린 게 없었다.

"형도 그렇게 생각하죠?"

카이든의 물음에 케빈이 쓰게 웃었다. 이런저런 이유를 가져다 붙였으나, 사실은 그 역시도 카이든과 같은 불만을 지니고 있기 때문이었다.

하지만 굳이 겉으로 드러내지는 않았다.

"신입생이면 신입생답게 굴어. 그리고 네 나이가 아카데미에서 제일 어리다."

조기입학을 한 카이든이었다. 그보다 어린 학생은 찾을

수 없었다.

"익! 형 말은, 그러니까 내가! 병아리라는 거야?"

카이든의 물음에 케빈은 굳이 대답하지 않았다. 그러며 살짝 시선을 회피하는 모습이 대답을 대신했다. 얼굴을 붉힌 카이든이 버럭 성을 내며 밖으로 향했다.

"나왓! 결투야! 형이라도 용서 못 해!"

케빈이 못 말린다는 표정을 지으며 그 뒤를 따랐다. 언뜻 성난 얼굴로 '결투' 라고 해서 심각하게 여겨질 수도 있었으나, 그들은 서로의 실력을 알기 때문에 적당히 조절하며 검을 맞댔다.

굳이 마스터의 능력을 드러냈다가 새로운 소란거리를 만들고 싶지는 않았다.

결국, 그들의 '결투' 는 일종의 몸 풀기였다.

❖

보랏빛 하늘과 검푸른빛 대지가 등 뒤로 멀어져간다. 실로 오랜만에 찾은 맑은 창공과 초록빛 대지의 물결에 눈매가 부드럽게 휘어졌다.

그렇게 잠시 세상을 감상하던 시선 끝으로 이질적인 그림자가 끼어들었다. 검은 머리와 눈동자를 한 미청년이 다가오고 있었다. 눈가에 걸린 감상을 거두는 사이, 거리를 좁힌 미청년이 허리를 숙이며 예를 취해왔다.

"사제 '라돈'이 대사제님을 뵙습니다."

고개를 끄덕이며 물었다.

"전쟁은 시작되었느냐?"

"예."

"인간의 욕망이란…."

매번 실망스러울 뿐이었다.

"그보다, 대공은 찾았느냐?"

"…죄송합니다. 아직, 발견하지 못했습니다."

탓하지 않았다. 그마저도 감탄하게 만든 실력자였다. 같은 일족의 아이들도 쉬이 찾아내지 못할 것이라 여겼다. 일족의 사생아라 불리는 어린 아이들이 찾는 건 더더욱 무리일 터였다.

"혹여 찾더라도 섣불리 다가가지는 말거라."

언뜻 불만스런 기색이 스치는 걸 봤다.

'인간이라 무시하는 것이겠지.'

저런 감정을 가르친 적은 없던 것 같건만, 언제 습득한 것일까?

"헌데… 괜찮으시겠습니까?"

아이의 걱정이 무엇인지 잘 알고 있었다.

죄인이 감옥을 나온 상황이니, 어찌 걱정되지 않겠는가.

또한 두려울 터였다.

'라바운트.'

일족의 수장인 그가 자신의 탈옥을 알게 된다면 어떻게 될까?

'한바탕 뒤집어 지려나.'

그 모습을 상상하니, 괜스레 웃음이 나오려 했다. 하지만 내색하지는 않았다. 대답을 기다리는 아이의 표정이 어두웠기 때문이다. 일족의 피를 이어받은 만큼, 두려운 마음 역시 클 터였다.

"괜찮다."

그래서 이리 대답해줬다.

"걱정할 필요 없다."

실제로도 문제가 생기지 않을 거라 확신했다. 목에 걸린 목걸이로 손이 갔다.

오래 전, 세계수의 뿌리를 직접 엮어서 만든 것으로써, 이걸 차고 있는 한, 그는 더 이상 죄인이 아니었다.

'기왕이면 안 쓰고 지나가면 좋았을 테지만.'

안타깝게도 상대는 직접 나서야 할 정도의 강자였다.

'브라만!'

오랜만에 차오르는 호승심에 가슴이 쿵쾅 거리며 뜨겁게 달아올랐다.

몬스터 침공이 있고 정확히 일주일이 지나던 날,

틈새의 드래곤이 세상에 모습을 드러냈다.

조율에 실패한 자, 데카르단!

대사제라 불리는 틈새의 지배자였다.

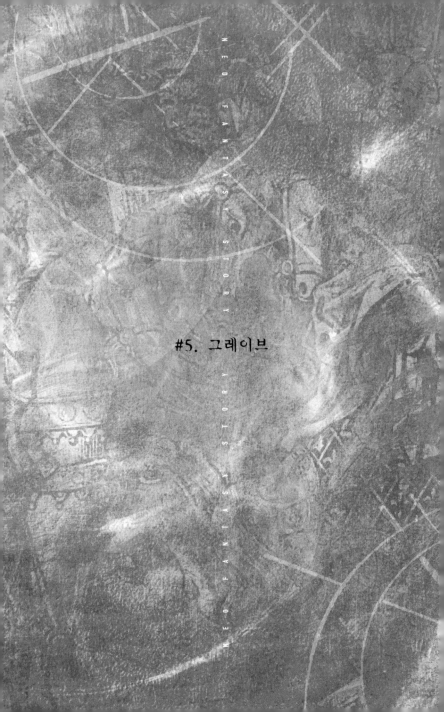

#5. 그레이브

#5. 그레이브

잘 완성된 육체적 능력 때문일까? 기본적으로 한 번 인지한 기운은 결코 잊는 법이 없었다. 제튼은 이러한 기운들의 정보를 토대로 그레이브를 찾을 생각이었다.

그런 의미에서 이번에 마주했던 처리반의 기운은 아주 좋은 정보체였다.

'세 녀석의 기운이 똑같았지.'

물론 완전히 같지는 않았다. 동류의 연공법을 익혀도 사람에 따라 나름의 변화가 있기 때문이었다. 하지만 그 기본적인 뿌리가 같다는 것 정도는 파악이 가능했다.

그로 인해 처리반의 요원들이 하나의 연공법을 토대로 탄생되었다는 걸 단번에 알 수 있었다.

이 기운을 하나의 정보로써 머리에 담아놓은 채, 감각을 한껏 확장시켰다. 고속으로 질주하는 와중에도 넓게 퍼트려 놓은 감각이 주변 기운들을 빠르게 수집했다.

대량의 정보가 격하게 밀어닥치며 미간에 주름을 새겼으나, 이 정도는 충분히 견딜만한 수준이었다. 하지만 그 방대한 영역을 분류하는 작업이 쉽지만은 않은 듯, 이마 위로 맺힌 땀방울이 굵어지며 조금씩 크기를 부풀리고 있었다.

그렇게 얼마나 지났을까?

하나, 둘, 세 개의 지방을 건너뛰었을 즈음, 그의 신형이 제자리에서 멈춰 섰다.

감각 끝에 하나의 정보가 걸려들었다.

앞서 경험한 것과 비슷한 기운이 저 멀리서 움직이고 있었다. 게다가 그 숫자도 정확히 셋이 아닌가.

'잡았다!'

느낌이 왔다.

파아아앙!

그의 신형이 허공을 격하며 쏘아졌다.

결론적으로 이야기 하자면, 제튼은 그레이브의 요원을 제대로 찾아냈다. 최초 세 명을 시작으로, 총 일곱 개 지방을 돌아다니며 아홉 명이나 되는 이들을 찾아낸 것이다. 하지만 안타깝게도 그가 원하던 정보까지는 얻어내지 못했다.

"으… 으으……."

신음성을 흘려내는 세 개의 그림자가 발밑에 꿈틀거리는데, 그들이 바로 그레이브의 요원이었다.

분근착골(分筋錯骨)!

천마의 세상에 존재하는 조금 특이한 고문수법으로써, 제튼은 그레이브 요원들에게서 정보를 얻어내고자 이를 행했다.

'알아낸 거라고는 조직 이름과 이놈들이 하는 일 정도인가.'

아주 기본적인 것 외에는 알아낸 게 없었고, 이 정도는 언제고 칼렌에게 들었던 것과 비교한다면, 오히려 부족하다 할 수 있었다.

분근착골의 고통을 견뎌냈다고 여기지는 않았다.

'철저한 점조직 형식에 정보 통제도 만만치가 않군.'

이들이 정보를 전달하고 전하는 방식도 상당히 독특했다. 일정 거점을 두는 것이 아니라, 일부 특정 지역을 돌아가며 마법진을 설치해 그곳에서 정보를 '교환'하는 형식이었다.

'마법쪽으로는 영 깜깜해서… 이건 힘들겠네.'

사람을 통한 것이 아닌 만큼, 그 규모가 더욱 축소될 수 있다는 장점이 있었다.

'이것도 결국, 칼렌에게 들었던 내용이지.'

그런 면에서 생각해 본다면, 칼렌은 하부요원이라고는 하나 생각 이상으로 그레이브의 정보를 많이 알고 있었다고 여겨졌다.

'아는 것 중에서 일부만 알려줬던 것 같은데… 이놈들보다 정보량이 많다니.'

발아래 쓰러져 있는 요원들과 비교하니 이런 부분이 더욱 확실해졌다. 칼렌이 그냥 그런 하부요원은 아니었다는 느낌이 들었다.

사실, 그가 하부요원이 맞기는 했으나, 항상 정보의 최전선에서 움직였던 까닭에, 남다른 정보력을 지닐 수 있던 것이었다. 게다가 중간중간 정보조작에도 가담했던 탓에, 다각도에서 정보를 바라보는 시야를 지니고도 있었다.

이런 그의 특수한 경력 때문에, 그레이브에서도 한 때, 그의 위치를 더 높이려고 계획했을 정도였다.

"이렇게 되면 계획하고 달라지는데."

이들 역시도 처리반이라는 걸 이미 분근착골로 알아냈다. 기본적으로 처리반과 같은 속성의 요원들은 조직의 정보에도 필요 이상으로 알고 있는 부분이 있었다.

'하지만… 이놈들은 그렇지가 않단 말이지.'

그레이브의 정보통제가 얼마나 철저한지 실감하는 부분

이었다. 덕분에 새삼 칼렌의 정보력에 놀란 것이기도 했다.

"결국… 어쩔 수 없나."

최초 계획대로 가야 한다는 걸 깨달았다.

'로렌스.'

쓰게 웃은 그가 신형을 돌려세웠다.

"우선… 오늘은 돌아가야지."

저 멀리 해가 기우는 게 보였다. 저녁시간에 맞춰 돌아가려면 전력으로 내달릴 필요성이 있었다.

◈

눈을 뜬 뒤, 알게 된 게 두 가지 있었다.

'알콘.'

자신의 이름을 안다는 게 그 첫 번째였고,

'모르…겠어.'

자신이 기억을 잊었다는 게 그 두 번째였다.

그리고 최근 들어서 한 가지 더 알게 된 것이 있었다.

'암흑마나!'

본능적으로 어둠에 물든 지역을 탐색하고 다닌다는 것이었다. 이 어둠의 정체가 '암흑마나'라 불린다는 것을 최근에 기억해 내며, 이 부분에 대해 인식하게 되었다.

정확한 계기는, 유난히 암흑마나가 짙었던 장소를 한 차례 거치고 난 뒤였다. 그로 인해 작게나마 기억이라 할 만한 것이 돌아오면서, 이런 저런 기본적인 지식이 떠오른 것이다.

'가야한다!'

그 기본적인 지식들이 어지럽게 뒤섞이며 하나의 이미지를 그려냈고, 그곳으로 '돌아가야 한다'는 걸 깨닫고 있었다.

'고향!'

보랏빛 하늘과 검푸른 대지로 얼룩져있던 그 장소로 돌아가야 했다.

'그곳으로…'

아직 완전하지 않은 기억으로 인해 지식이 부족했으나, 몇 차례 더 어둠을 거치다 보면 돌아가는 길도 알 수 있을 터였다.

정처 없이 떠돌던 그의 발길에 목적지가 생겨나는 순간이었다.

❖

정확히 보름. 쿠너가 카이스테론 아카데미에 도착하기까지 걸린 시간이었다.

중간에 몇 군데 아카데미에 들리느라 시간이 약간 지체되기는 했으나, 일정을 빠듯하게 잡은 덕분인지 생각보다 오래 걸리지는 않았다.

"휘유… 한동안 여행은 피하고 싶네요."

쿠너가 그리 말하며 레이나를 바라봤다. 그녀가 고개를 끄덕이며 동의하는 게 보였다. 수준에 오른 그녀의 체력으로도 버티기가 쉽지 않았기 때문이었다. 이런 그녀의 반응에 쿠너가 희미하게 미소를 그렸다.

오랜 여정이 오히려 다행이었다고 할까?

장미의 맹세 이후, 그를 피하는 것 같던 레이나가 다시 예전처럼 대해주고 있었다.

"그나저나 큰일이네요."

막 수도에 도착하던 무렵, 새롭게 들려온 소식 하나가 있었다.

"몬스터들의 침공이 설마 거기까지 이뤄졌을 줄이야."

심각한 얼굴이 된 쿠너의 모습에 동조하듯 레이나 역시 비슷한 표정으로 입을 열었다.

"귀족들은 지금껏 뭘 하고 있는지 모르겠군."

"설마, 몬스터들이 카루안 지방까지 단번에 치고 들어갈 줄 몰랐겠죠. 이렇게 되고 보니까 몬스터들이 뭘 노리는지 알겠네요."

"…마르셀론 영지."

대제국 칼레이드의 옛 수도였다. 물론, 그렇다고 해서 그곳이 마르셀론 공작가문의 전부인 것은 아니었다.

실질적인 공작가의 전력은 수도 인근에 따로 자리를 잡고 있었고, 마르셀론 영지의 경우에는 최소한의 필요인원만이 배치되어 있는 상황이었다.

비록 마르셀론 영지로 불리고 있다고는 하나, 제국의 옛 수도였다는 이유 때문인지, 의무적으로 그에게 '관리'를 맡긴 정도일 뿐이었다. 그가 황제의 오라비이기에 선택된 것이다.

마르셀론 공작가의 터전이 따로 마련되어 있는 것이 그 증거였다.

"고향은… 괜찮을까?"

약간 침울해진 레이나의 음성에 쿠너가 밝게 웃으며 말했다.

"아시잖아요. 그곳에 누가 있는지."

그 순간 레이나의 머릿속에 떠오른 사내가 있었다.

'분명… 그 분이 대단하시기는 하지만.'

제튼을 떠올렸고, 그의 실력을 상기했다. 대외적으로 알려진 것 이상의 실력자라는 것 정도는 알고 있었다. 하지만 과연 그것만으로 충분할까?

'마르셀론 영지도 피해를 입었다는데.'

게다가 일개 개인이 어찌할 수 없는 대규모 몬스터의 침공이었다.

이전에 머물렀던 아카데미에서 부친과 연락이 닿아서 큰 피해가 없다는 걸 듣고 안도하기는 했으나, 그건 벌써 일주일도 전의 이야기였다.

그런 와중에 수도에서 듣게 된 카루안 지방의 소식을 들은 것이다. 일주일간 쌓아났던 불안감이 재차 올라오기에 충분한 사건이었다.

'그 분도… 괜찮으셔야 할 텐데.'

혹여 문제가 발생한다면, 가족들의 걱정이야 당연한 것이고, 거기에 더해 제튼의 안위역시도 신경이 쓰일 수밖에 없었다.

쿠너가 쓰게 웃으며 시선을 돌렸다. 한 순간 비친 레이나의 표정에서 그녀가 누굴 생각하는지 깨달은 것이다.

그녀를 안심시킨다고 제튼을 언급했다지만, 그래도 이런 분위기가 달가울 수는 없었다.

'선생님께 질투라니. 하….'

이래저래 복잡한 심경이었다.

◈

주변 시선을 교란시키며 언제든 아루낙 마을로 찾아가고자, 의도적으로 한 곳에 머물지 않는 로렌스의 특수성 때문일까? 제튼은 그녀를 찾는데에만 족히 3일이라는 시간을 허비해야만 했다.

그나마도 중간에 기별을 넣어 수도에서 만나자는 연락을 넣었기에 가능한 일이었다.

"오빠가 저를 다 찾아주시다니. 옛날 생각이 나서 좋은데요."

밝게 웃으며 아양을 떠는 로렌스의 모습에 제튼은 쓰게 웃으며 창밖으로 시선을 보냈다.

한 자리에 오붓이 앉아 이야기를 나누고 싶었으나, 팔라얀 상단주를 찾는 이들이 워낙 많은 까닭에, 그들은 마차로 이동을 하며 대화를 나누는 중이었다.

"그런데… 이건 뭐냐?"

밖을 바라보며 잠시 정신적 환기를 시킨 제튼이 마차 안을 스윽 돌아보며 물었다.

"뭐긴요. 침대죠."

로렌스의 쾌활한 대답에 등가에 땀이 올랐다.

"저번에 봤을 때는 이런 게 없었던 것 같은데?"

"오빠를 위해서 준비했답니다. 호홋!"

'끄응….'

야릇한 색기가 넘치는 눈빛으로 그를 바라보는 로렌스의 시선에 다시금 창 쪽으로 고개가 돌아갔다. 그 모습에 한 차례 실소한 로렌스가 한편에 마련된 보고서들을 제튼에게 내밀었다.

"오빠가 원하시는 자료들이에요."

그레이브와 관련된 정보를 정리한 내용이었다. 이를 받아든 제튼이 빠르게 보고서를 넘겨갔다.

'확실히 대단하군.'

칼렌에게 들은 내용들을 압도하는 정보가 그 안에 담겨 있었다.

대륙 제일의 상단다운 정보력이었다. 그렇게 한참 보고서를 읽어 내려가던 제튼의 두 눈에 불이 들어왔다.

"흐음…."

거슬리는 내용을 본 까닭이었다. 가까이서 보고서 페이지를 세고 있던 로렌스가 대략적인 내용을 짐작하며 운을 뗐다.

"깜짝 놀랐죠?"

"그래… 확실히 놀랍네. 이번 몬스터 침공이 그레이브와 관련되어 있다니."

"확실한 건 아니에요. 단지, 그럴 가능성이 높다고 봤을 뿐이죠."

제튼이 고개를 흔들면서 말했다.

"아마도 네 예상이 맞을 거다."

이곳으로 출발 전, 칼렌과 한 차례 이야기를 나눈 적이 있었다. 물론, 그가 찾아간 건 아니었다. 어쩐 일인지 칼렌이 직접 찾아와 먼저 그레이브의 이야기를 한 것이다.

크라이온을 통해 저들의 움직임을 들은 듯싶었다.

〈어쩌면… 몬스터 침공은 그레이브가 꾸민 것일지도 모릅니다.〉

한 때, 몬스터들이 대륙에서 쫓겨난 뒤의 행적을 조사했던 적이 있다면서, 이런 추측을 내어놓았었다.

'그의 예상이 맞았어.'

"대단하네요. 변이종족 놈들을 움직인다니."

로렌스의 솔직한 감탄에 제튼 역시 고개를 끄덕였다.

'천마 때문이겠지.'

공공의 적으로 인해 한시적 동맹을 맺은 것이리라.

'참… 대단한 놈이야.'

여러 가지 의미로써 천마에게 감탄하는 순간이기도 했다.

보고서를 전부 읽고 난 뒤, 제튼이 로렌스를 향해 재차 물었다.

"주변 왕국들의 분위기는 어때?"

"아직까지는 눈치를 보고 있어요. 하지만… 내부적으로는 목소리를 모으고 있는 느낌이던데요."

보고서에는 그레이브가 주변 왕국들을 선동한다고 되어 있었다.

'몬스터 침공과 맞물린다면….'

분명, 생각 이상으로 힘든 상황으로 발전할지도 몰랐다.

제국이 조금이라도 더 빨리 몬스터 토벌에 집중한다면 이야기가 달라질 수도 있었다.

'하지만… 그런 기미는 보이질 않으니. 쯧!'

중앙과 지방의 온도차가 너무 다른 것 같아서, 솔직히 마음에 들지 않았다.

'그것도 이제는 끝이겠지만….'

보고서의 마지막에 걸린 내용이 이런 추측을 하게 만들었다.

—몬스터, 마르셀론 영지 집결!

판이 뜨거워지는 소리가 들리는 것 같았다.

상념을 접은 제튼이 로렌스에게로 시선을 보내며 말했다.

"정보는 잘 쓰마."

"얼마든지 이용해 주세요."

그리 말하며 활짝 웃는 로렌스의 모습은 그야말로 만개한 꽃과 같았다. 제튼은 정보료에 대한 언급을 할까도 싶었으나, 이내 질문을 삼키며 자리에서 일어났다.

'괜히 긁어 부스럼 만들 필요는 없겠지.'

이상한 조건이라도 요구하면 난감하기 때문이었다. 물론, 과한 요구는 들어줄 생각도 없었기에, 차라리 묻지 않는 걸로 결론을 내린 것이다.

한 차례 마부석으로 신호를 보내자, 이내 마차가 멈춰섰다.

"고생하세요."

로렌스의 인사말에 제튼이 가볍게 고개를 끄덕이며 마차에서 내렸다. 문이 열리는 것과 동시에 사라져버린 그의 쾌속한 이동에, 마차 역시도 지체할 것 없이 바로 출발했다.

잠시 제튼이 앉아있던 자리를 바라보던 로렌스가 입 꼬리를 말아 올리며 중얼거렸다.

"정보료는 꼭 받아내겠어요. 후훗!"

예전이었다면 팔라얏 상단은 대공의 것이라며 정보료에 관한 생각 자체를 안 했을 터였다. 하지만 지금은 달랐다.

제튼이 변했다는 것을 알기에, 이를 적당히 이용하기로 한 것이다.

당연하게도 과한 조건을 걸 생각은 없었다.

"아루낙 마을 출입권리 정도면 괜찮겠지."

괜히 눈치를 본다면서 스테일 남작령을 거쳐서 가는 것이 아니라, 바로 마을로 가는 것 정도라면 충분히 들어줄 수 있는 조건이라고 여겼다.

눈웃음을 치던 그녀가 침대위로 몸을 던졌다. 그를 위해서 급히 마련한 침대였으나, 쓰이지는 않을 것이라는 걸 알고 있었다.

하지만 그녀의 마음을 비쳐주기에는 더할 나위 없는 작업이었다고 여겼다.

"후홋!"

야릇한 미소를 지어보인 그녀가 가만히 눈을 감았다. 제튼의 이미지가 사라지기 전에 꿈나라로 빠져들 생각이었다.

＊

카루안 지방으로 몬스터들이 발을 들였다는 소식에 이어, 마르셀론 영지 인근으로 모여들고 있다는 정보가 새롭게 추가되자, 제국 중앙의 공기가 제대로 달궈지기 시작했다.

"당장 병력을 보내야 하오!"

"맞습니다! 저 흉측한 괴물 놈들이 감히 제국의 뿌리를 흔들려 하는데, 용서해서는 안 됩니다."

"본때를 보여 줘야 합니다."

귀족들의 성난 외침이 대전을 사납게 흔들어댔다. 특히, 황실파에 몸담고 있는 귀족들의 목소리가 유난히 컸는데, 이는 마르셀론 영지가 그들 황실파벌의 실권자와 연관되어 있는 까닭이었다.

평소라면 반박을 먼저 하고 볼 귀족파벌 마저도, 여기에 한팔 거들고 있었는데, 이는 마르셀론 영지의 특수성 때문이었다.

비록 황실파의 영토라고는 하나, 그곳은 제국의 뿌리가 되는 장소였다.

귀족파도 섣불리 건들 수 없는 장소인 것이다.

이대로 방관하다가 몬스터들에게 침공을 당한 뒤, 그 관리책임을 물어 마르셀론 공작을 끌어내린다?

'멍청한 선택이지.'

파스카인 공작은 가만히 고개를 흔들면서 대전안을 돌아봤다.

마르셀론 영지가 상처를 입는 순간, 이곳에 있는 이들 모두가 책임을 지게 될 확률이 높았다.

제국의 옛 수도!

그 특수성이 주는 후폭풍은 그만큼 어마어마했다.

'침공 속도가 너무 과하다고는 생각했지만, 설마… 몬스터 놈들이 이런 머리를 쓸 줄이야.'

카루안 지방 침략은 그 역시 예상 못한 상황이었다.

한 차례 대전의 분위기를 살피던 그의 시선이 다른 이들보다 조금 더 위쪽에 앉아 있는 마르셀론 공작에게로 향했다.

황제를 대신해서 회의에 나온 만큼, 동일한 위치에 있다고는 하나, 마르셀론 공작의 발언권이 앞서 있었다.

나이가 들어갈수록 빛을 발하는 황제의 특별한 외모로 인해, 황제는 아주 극소수의 상황에만 대전회의에 참석하고는 했다.

이번에도 회의의 결론이 나올 즈음에나 모습을 드러낼 것으로 예상됐다.

'침착해도 너무 침착하군.'

가장 뜨겁게 달아올라야 할 마르셀론 공작이었건만, 그는 너무도 태연한 모습으로 착석해 있었다. 그 때문일까? 그의 분위기는 이 대전 안에서 가장 이질적으로 느껴졌다.

시선을 느낀 것일까? 마르셀론 공작이 눈길을 마주해왔다. 돌연 마르셀론 공작의 입가에 비릿한 미소가 그려지는 게 보였다.

왠지 기분을 상하게 만드는 그 미소에, 파스카인 공작이 순간적으로 눈가에 경련을 일으켰다. 계속 마주하고 있다가는 한 마디 던져버릴 것 같아서, 급히 시선을 거뒀다.

이런 파스카인 공작의 모습에 마르셀론 공작 역시도 시선을 귀족들에게로 되돌렸다. 그러더니 가볍게 실소했다.

'제국민이 다 됐군.'

전과 다르게 강렬히 토벌을 주장하는 귀족들의 모습이 참으로 인상적이었다.

특히, 귀족파벌의 흥분하는 모습은 유난히 눈에 박혀들었다.

제국 건국 이후, 13년!

각양각색의 타 국적 귀족들이 모여 있던 귀족파였으나,

그 십여년의 세월은 '애국심'이라 할 만한 것을 그들에게 심어준 것이다.

'물론, 여유가 있을 때나 부릴 수 있는 얄팍한 애국심이지만…'

마르셀론 공작은 싸늘한 눈빛으로 귀족파의 일원들을 훑었다.

언성을 높이고는 있었으나, 실질적인 병력 구성은 모두 끝난 상태였다.

단지, 지금 이 기회를 빌려 공적을 주장하고자, 이래저래 눈치싸움을 하다 보니 이처럼 출병이 늦어지고 있는 것이었다.

그렇다고 해서 시간을 허비하기만 한 것은 아니었다. 이 와중에도 꾸준히 각자의 인력들을 밀어 넣는 작업들을 하고 있었는데, 그 중 하나가 아카데미 학생들의 파견과 관련된 일이었다.

후계자를 위한 준비를 하고 있는 것이다.

'몬스터 토벌을 가볍게 생각하고 있다는 거겠지.'

그도 모르게 실소가 나왔다.

'건방진 놈들… 기대해라! 네놈들의 그 오만함의 결과가 어떤 것인지.'

뜨겁게 달아오른 대전의 분위기가 눈에 담겼다. 동시에 결코 급박하지 않은 저들의 표정 역시도 동공 가득 잡혔다.

마르셀로 공작은 비릿한 미소를 입가에 그린 채, 조용히 그들의 연극을 관전했다.

옛 수도의 위기!

상황의 중차대함 때문일까?

이날, 대전회의는 결국 출정식으로 이어졌고, 하루가 지난 다음날 오후, 대대적인 토벌군이 제국의 수도를 출발했다.

✤

약속이나 한 듯, 카루안 지방으로 몰려든 몬스터들은 이내 하나의 거대한 흐름이 되어 마르셀론 영지로 향해갔다.

정보단체들이 예상하고 있던 그림이 그려지고 있었다.

복수!

대대적인 몬스터들의 침공에서 이미 감지하던 부분이었다. 단지, 그들이 이렇게까지 체계적으로 움직일 것이라고는 예상하지 못했었다.

때문에 정보단체들도 이 부분에 있어서는 여러모로 충격적인 상황이었다.

특히, 각기 다른 종족의 몬스터들이 하나의 집단이 되어 움직이는 풍경은 가히 압권이었다.

그리고 이 압도적인 광경 덕분에 피를 말리는 이들이 있었으니, 그들이 바로 카루안 지방의 영주들이었다.

"큰일이군."

마르셀론 영지와 인접해 있는 챠베로만 자작은 한숨을 푸욱 내쉬며 창밖을 바라봤다.

저 한편의 대연무장에서 기사들이 집단 훈련을 하는 장면이 눈에 들어왔다. 마르셀론 공작의 영지가 이곳에 있다고는 하나, 그의 실질적인 터전이 제국 수도에 있는 만큼, 이번 사태에 관한 최초 타격은 그들 주변 영주들에게 향할 수밖에 없었다.

"설마… 이런 사태가 발생할 줄이야."

상상도 못한 일이었다. 제국에서 가장 안전할거라 여겨지는 카루안 지방이었다. 이곳이 침공당하는 건 누구도 예측하지 못했을 터였다.

몬스터들을 막기 위하여 이미 각 영주들이 병력을 모으고 기사단을 정비하는 중이었고, 몇몇은 이미 출병을 시켜, 마르셀론 영지로 향하는 이들도 있었다.

챠베로만 자작 역시도 병력을 차출해야만 했다. 하지만 선뜻 손을 뻗기가 어려웠다.

〈혹시 이곳으로 오면 어쩌지?〉

그 어마어마한 불안감이 그들의 발목을 잡는 것이다. 때문에 정비라는 명목을 내세우며, 조금이라도 더 시간을 지체하는 중이었다.

게다가 알려진 몬스터들의 규모가 너무도 어마어마한
탓에, 때문에 제국에서 오고 있는 토벌단을 기다린 뒤 함
께 할 속셈이기도 했다.

그렇다고 해서 너무 늦어졌다가는 차후에 이로 인해 문
제가 발생할 수도 있었다.

"후우⋯."

답답한 마음에 한숨만 늘어갈 뿐이었다.

그리고 이런 모습은 카루안 지방 곳곳에서 발생하는 그
림이기도 했다.

오랜만이라고 해야 할까?

십여년 만에 제국의 국경을 넘으려니, 괜스레 옛 기억이
되살아나는 것 같았다.

"뭐⋯ 대충 예상은 하고 있었으니까."

제튼은 그리 허공을 박찼다. 한 줄기 화살이 되어 창
공을 가로지르는 덕분에, 국경 수비대에 걸릴 일은 없었
다.

"등잔 밑이 어둡다⋯ 뭐, 이런 상황을 기대하기는 했는
데."

안타깝게도 그레이브는 제국 내부에 본진을 두고 있지 않았다. 제국 내에 '혹시'라고 예상된 장소들을 이미 조사하고 왔는데, 안타깝게도 전부 꽝이었다. 몇몇 장소는 그레이브와는 전혀 무관한 장소도 있었다.

입맛을 다신 제튼이 로렌스의 보고서가 가리키는 방향을 바라봤다.

"테파른 왕국이라."

과거, 제국으로 인해 큰 피해를 입은 바 있는 왕국으로써, 로렌스의 보고서는 그곳에 그레이브의 터전이 있을 것으로 예상하고 있었다.

물론, 한곳을 지정한 것은 아니었다. 여러 왕국과 장소가 존재했는데, 그 중 가장 가까운 곳이 테파른 왕국에 위치한 것뿐이었다.

하나 같이 타국에 위치해 있기 때문에, 기본적으로 국경을 넘는 건 변함이 없었다.

"이렇게 되면, 조금 힘든데."

늦어도 저녁은 집에서 먹으려던 계획에 차질이 생길지도 몰랐다. 특히, 서부 대륙의 끝자락에 위치한 에치라 왕국은 상당히 만만찮은 거리였다.

고개를 절레절레 흔드는 그의 발 아래로 테파른 왕국의 국경지대가 지나갔다. 단숨에 테파른 왕국까지 들어서 근의 신형이 순식간에 왕국 깊숙한 곳까지 날아갔다.

"여긴가."

그가 내려선 곳은 테파른의 수도 외곽에 자리한 대저택이었다.

"전혀 틀린 건 아닌 모양이네."

익숙한 기운들이 저택 너머에서 느껴지고 있었다.

'처리반이었지.'

3인 1조라고 하였으니, 총 네 개 조가 저 너머에서 대기 중이었다.

"본진은 아닌 모양이네."

언뜻 느껴지는 기운들의 양이 그다지 대단치가 않았다.

"어라?"

순간, 제튼의 두 눈에 이채가 어렸다.

"아주 꽝은 아니려나."

익숙한 기운이 또 하나 느껴진 까닭이었다. 너무도 희미해서 한 번에 잡아채지 못했던 것으로 보아, 보통 실력자가 아니었다.

"드래고니안이라…하!"

헛웃음이 나왔다.

"이놈들도 그레이브와 연관이 있었나."

마음 같아서는 이 자리에서 처리를 하고 싶었으나, 안타깝게도 이곳은 테파른 왕국의 심장부였다.

"뭐, 가벼운 경고 정도는 해줘야겠지."

의도한 것인지는 모르겠으나, 로렌스가 보여준 정보 중에는 불순한 의도를 품고 있는 왕국들의 목록도 딸려 있었는데, 테파른 왕국의 이름 역시도 거기에 적혀 있었다.

스스스스스스…

먼저, 머리와 동공이 검게 물들었다.

뒤이어 외부로 뻗어나간 어둠이 대지를 잠식하며 뻗어나갔고, 하늘 너머로 솟구쳐 올랐다.

"뭐… 뭐야?"

"하늘이…."

"…태양이 사라졌어?"

도로 곳곳에서 충격에 빠진 사람들이 두려움에 떠는 소리가 들려왔다.

점심 무렵에 찾아온 갑작스런 괴현상에, 테파른 왕국 수도는 공황상태가 되어버렸다.

❖

갑작스레 밀려든 거대한 기운에 명상으로 감겼던 눈이 번쩍 뜨였다.

"이건, 설마…."

정신이 아찔할 정도로 어마어마한 기운이었다.

'브라만 대공!'

그 외에 떠오르는 인물이 없었다.

'으음… 과연, 대사제님께서 피하라고 하실 만하구나.'

이미 알콘의 죽음으로 그의 위험성은 인지하고는 있었다. 사도들 중에서도 가장 뛰어난 실력자였던 그의 죽음은 다른 일족들에게도 경각심을 심어주기에 충분했다.

급히 자리를 벗어나려 자리에서 일어나 주문을 외우는데, 불현듯 밀려든 마나의 비틀림이 술식을 흔들었다.

"크윽…."

내부에서 일어난 반발에 신음성이 새나왔다.

"젠장!"

공간이동 마법이 막혔다는 걸 깨달았다. 그것은 마치, 이 자리에서 빠져나가는 건 무리라고 외치는 듯 했다.

급히 내부를 다스린 그가 새로운 주문을 외웠다. 장거리 통신 마법으로써, 그레이브의 다른 은신처에 있는 친우를 부르기 위함이었다.

[무슨 일이냐, 카곤.]

친우의 음성이 머릿속으로 전해졌다.

"대공이 나타났다."

[으음… 대사제께서 그를 피하라고 했잖나.]

"주변으로 마나 왜곡이 펼쳐진 것 같다."

잠시간 침묵이 이어졌으나, 통신이 끊긴 건 아니었다. 꾸준히 마나의 소비가 일어나고 있는 까닭이었다.

[타눈과 함께 가지.]

"고맙다! 나챤."

[무사해라.]

그 짧은 한마디를 끝으로 마나 소비량이 급격히 줄어들었다. 통신이 끊긴 것이다. 잠시 말라버린 입술을 적신 그가 기운의 진원지를 향해 시선을 보냈다.

저 멀리, 건물 너머로 그가 부르고 있었다.

'으음….'

뒷걸음질을 치고 싶은 마음에 가득이었으나, 위대한 혈통을 이어받았다는 자존심이 그의 등을 떠밀며 앞으로 전진시켰다.

거대한 힘의 흐름을 읽은 것일까? 저택 앞으로 어느새 많은 숫자의 기사들이 모여들고 있었는데, 그 중에는 그레이브의 요원으로 여겨지는 이들도 여럿 존재했다.

이들에게 경고를 할 생각은 있었으나, 그 자신의 정체를 굳이 알릴 의도까지는 없었다. 적당한 충격을 부여해서 두번, 세 번 생각을 거듭하게 만들어줄 의도일 뿐이었다.

때문에 얼굴 주변은 검게 물들인 상태였는데, 그로 인해 흐릿한 이미지만이 주변에 비칠 뿐이었다.

찬찬히 전방을 돌아보던 제튼의 시선이 그들의 뒤편으로 향했다.

'왔군.'

저택 입구에서 가장 가까운 첫 번째 건물의 옥상 위, 한눈에 봐도 인상적인 검은 머리와 검은 눈동자 사내가 서 있었다.

'드래고니안!'

제튼이 펼쳐놓은 검은 기류를 뚫어본 듯, 정확히 눈을 마주하고 있었다.

잠시 시선을 마주하던 그들의 고개가 하늘 위로 올라갔고, 동시에 그들의 신형이 그곳에서 자취를 감췄다.

그리고,

다시 태양이 모습을 드러냈다.

◈

-카루안 지방 침공 시작!

저 먼 곳에서부터 날아든 보고서에 가면사내의 눈에 불이 들어왔다. 뒤이어 제국 측의 시기적절한 움직임까지 듣게 되었다.

-토벌군 출진!

"드디어…."

그레이브가 움직일 때였다.

'수도의 전력이 떨어진 지금이야말로!'

물론, 토벌군에 전 병력을 투입할리는 없기에, 수도의 전력은 여전히 무시하기가 어려웠다. 그러나 제국 뿌리에 찾아든 위기였다. 필요 이상의 전력을 보낼 게 틀림없었다.

'게다가!'

그들이 목적하는 장소에서도 상당수의 인원들이 움직이기로 되어있었다.

카이스테론 아카데미!

난공불락의 요새처럼 마법적 처리가 된 거대한 담벼락과 뛰어난 실력자들로 인해, 섣불리 손대기 어려운 장소였으나, 이번에는 '보호자'라는 특수위치를 수행하고자 상당수의 교사들이 빠져나간다고 알려져 있었다.

'나쁘지 않은 흐름이야!'

여전히 엄청난 저력이 숨겨져 있을 거라고 예상하지만, 그 정도는 충분히 감당범위 안이라고 여겼다.

'당연한 일인가….'

그의 시선이 한 차례 거구사내에게 향했다.

대륙의 별!

나서지 않아서 그렇지, 영광스런 별자리에 저 사내 역시 이름을 올릴 수 있는 실력자였다. 그런 이가 나서는 만큼 실패는 생각하기 어려울 수밖에 없었다.

혹여, 카이스테론 아카데미에 마스터가 숨겨져 있다면?

'상관없겠지.'

그레이브의 전력은 거구사내 혼자가 아니기 때문이다.

문득, 거구사내가 자리에서 벌떡 일어나는 게 보였다.

"지금, 출발하시겠습니까?"

고개를 끄덕인 거구사내가 성큼 걸음을 내딛었다.

'카이스테론!'

거구사내는 목적지를 떠올리며 밖으로 향했다. 그의 뒷
모습을 바라보던 가면사내는 만에 하나 있을지 모르는 안
전장치를 준비하고자, 마법 통신구를 꺼내들었다. 주요 요
원들에게 통신을 보내며, 새로운 명령들을 전달했다.

'나쁘지 않은 흐름일수록 주의해야겠지!'

일이란 계획한대로 이뤄지는 게 아니라는 걸 알기에, 더
욱 조심하는 것이었다.

❖

프루체른 공작은 갑작스레 왕국 수도에 펼쳐졌던 거대
한 어둠에 몸서리를 치며 주저앉아야만 했다.

익스퍼트 최상급에 이른 그의 감각이 암흑 속에 숨겨진
초월적 존재를 인지시켰다. 그로 인해 오금의 힘이 풀려버
린 것이다.

"이건… 대체?"

겪어보지 못한 미지의 경험은 그로 하여금 공포라는 감정을 새겨 넣고 있었다.

어둠이 걷힌 덕분일까? 겨우겨우 무릎에 힘이 들어가며 신형을 바로 세울 수 있었다.

"아버님!"

그 순간, 집무실의 문이 열리며 장남인 '헤이룬'이 들어왔다.

"조금 전의 이상현상, 보셨습니까?"

아들의 물음에 프루체른 공작이 눈살을 찌푸리며 되물었다.

"못 느꼈느냐?"

"…무슨 말씀이신지?"

아직은 수준에 이르지 못한 덕분인지, 어둠에 담긴 힘의 실체를 엿볼 수 없었던 것 같았다.

'어쩔 수 없는 것인가.'

한숨을 푸욱 내쉬던 그가 다시금 바깥 풍경을 확인하고자 창 너머로 시선을 보냈다. 여느 때와 다름없는 수도의 풍경이 눈에 들어와, 마치 조금 전 일이 환상이었다고 여겨질 정도였다.

'음?'

문득 저 아래로 눈에 걸리는 게 있었다.

'헤카단?'

그의 셋째 아들이 건물 아래로 보였다. 헌데, 그 모습이 왠지 기이했다.

땅바닥에 몸을 짚은 채, 고개만 들어 창공을 응시하는데, 그 육신이 한없이 떨리고 있는 게 아닌가.

그것은 마치,

'조금 전… 내 모습인가!'

눅눅하게 잠겨들었던 감정에 작은 파문이 일었다.

'그 소름끼치는 힘을 엿봤구나!'

실로 의외였다. 그의 아들 중에서 가장 뒤떨어진다고 여겼던 셋째건만, 조금 전 그것을 느꼈다?

눈이 번쩍 뜨였다. 동시에 그의 시선이 뒤로 돌아갔다. 장남이자 후계자로 가장 많은 지지를 받는 헤이룬이 보였다.

아직 팔팔한 청춘이라고 여기는 프루체른 공작이었다. 때문에 아직까지 후계자 문제에 대해 직접적인 거론을 한 적은 없었다. 그저 가신들이 서로 떠드는 것 정도일 뿐이었다.

허나, 지금 이 순간, 왠지 모르게 '후계자'라는 단어가 머릿속을 강하게 두드리고 있었다.

'나답지 않군….'

아직 할 일들이 한참이건만, 벌써부터 뒷일을 생각한다는 건, 그의 가치관과는 상당히 먼 이야기였다.

어째서일까?

문득, 조금 전 그 거대한 힘의 편린이 떠올랐다.

'설마… 내가, 두려워한다고?'

실소와 함께 고개를 절레절레 흔드는데, 그 고갯짓이 멈 췄을 때, 어째서인지 시선은 창밖의 헤카단에게로 향해 있 었다.

◈

순식간에 왕국을 벗어난 제튼은 인적이 드문 너른 들판 을 발견하고서야 신형을 멈춰 세웠다.

그 뒤로 흑발사내 카곤이 도착했다.

'브라만 대공!'

눈앞의 사내를 바라보며, 카곤은 그 답지 않게 처음으로 '기습' 이라는 단어를 생각하게 됐다.

이곳으로 오는 내내 제튼의 뒤통수를 보며 내달렸는데, 손을 쓰고 싶어서 입 안이 바싹 마를 지경이었다.

짙은 불안감에 이런 생각을 한 것이다. 위대한 혈통을 이었다는 자존심 덕분에 겨우겨우 이런 감정들을 삼킬 수 있었다.

사실, 그에게는 이곳까지 올 이유가 없었다.

경지 너머의 존재들이 한 왕국의 수도에서 전투를 펼친

다면? 분명 어마어마한 인명피해가 있을 터였다.

하지만 드래고니안, 그 중에서도 틈새의 일족들은 인간의 생명에 큰 가치를 두지 않았다.

애초에 그들 혈통의 주인들이 '블랙 드래곤'이라 불리며, 마룡 취급을 받는 이유가 무엇이던가.

저들 인간들의 세상에 커다란 파문을 일으켰기 때문이었다. 그로 인해 조율자의 법칙을 어겼기에, 틈새의 공간에 수감된 것이기도 했다.

당연히 이런 사상이 이어져 있는 카곤에게, 수도에서의 전투가 꺼려질 이유는 없었다.

그럼에도 불구하고 제튼을 따랐다.

'시간을 좀 더 끌어야 하는데.'

나챤과 타눈을 기다리기 위해서였다. 그 홀로 대적하는 게 무리라는 것을 알기에, 그들이 도착할 시간을 벌어야만 했다.

공간이동 마법을 통해 이곳으로 오고 있을 게 분명하지만, 그들이 있는 곳과 이곳 사이에 상당한 거리가 있는 만큼, 단번에 이동하기가 어려울 수밖에 없었다.

공간이동 마법이 비록 8서클에 올라있다고는 하나, 그것은 일종의 권능에도 비견되는 것으로써, 실질적으로는 9서클의 절대마법이라 불러도 부족함이 없는 종류의 것이었다.

드래고니안의 혈통으로 키운 마법적 재능으로도 여유롭게 사용할만한 것이 아니었다. 그나마 단거리 이동마법인 블링크 정도가 그들에게 가장 적합한 수준의 공간이동 마법이었다.

"시작하기 전에 하나만 묻자."

문득, 제튼이 질문을 던져왔다.

"그레이브와 무슨 관계냐?"

어찌 대답해야 할까? 잠시간의 고민 끝에 대답이 나왔다.

"후원자라고 해 두지."

"설마… 너희들이 그레이브를 만든 거냐?"

카곤이 고개를 저었다.

"기존에 있던 세력에 한 팔 거들어 준 것 뿐이다."

그레이브의 초창기, 부족한 전력 보강을 위해 그들의 조언이 더해진 정도였다.

"굳이 인간사에 끼어든 이유가 뭐지?"

"너를 찾기 위해서다."

'역시, 그런 건가.'

몇 차례 저들과 마주친 덕분일까? 질문을 던지며 예상하던 답이 있었고, 정확히 그의 추측대로 결론이 나왔다.

고개를 끄덕인 제튼이 가볍게 목을 돌리며 말했다.

"슬슬, 시작해보자."

그 말에 카곤의 얼굴에 옅은 구김살이 생겼다. 문답으로 시간을 조금 더 벌 수 있을 거라고 여겼건만, 너무도 짧게 끝나버린 것이 아닌가. 아쉬운 마음에 잠시 표정이 흔들려 버렸다.

그러다 돌연 안색을 딱딱하게 굳히는가 싶더니, 이번에는 미간 가득 주름을 모으고 있었다.

'내가… 지금 무슨 생각을?'

시간이나 질질 끌며, 상대의 눈치를 보고 있는 자신의 모습을 발견한 것이다. 그와 동시에 내부 깊숙한 곳에서 분노가 끌어 올랐다. 혈통에 대한 자부심이 꺾여나가는 기분이 들었기 때문이었다.

'대사제님의 지시를 따른 것 뿐이다!'

홀로 상대하지 말고, 마주하게 된다면 피하도록 하라는 대사제의 명령 때문이라며, 재차 변명에 변명을 하며 뜨거운 분노를 외부로 발산시켰다.

화아아악!

그 뜨거운 열기에 무성하게 자라난 들판의 갈대가 순식간에 타들어가며, 주변의 너른 공간을 불모지로 만들어갔다.

"죽인다!"

더 이상 대사제의 명령도 나챤과의 합류도 머릿속에는 남아있지 않았다.

"화끈해서 좋네."

제튼이 그 말과 함께 먼저 움직였다.

"선수필승!"

파앙!

짧게 끊어 치는 일격이 뻗어지는데, 손끝에 걸리는 감각
이 없었다.

"또, 그 패턴이냐."

언제나처럼 블링크가 그의 손맛을 거둬간 것이다. 물론,
그렇게 중얼거리는 와중에도, 몸은 상대의 위치를 정확히
쫓아서 움직이고 있었다.

파파파파파팡!

너른 들판 위로 폭풍처럼 매서운 권풍이 휘몰아치기 시
작했다.

◈

제국의 수도에 도착하자마자, 거구사내는 조직이 새롭
게 마련한 비밀거점으로 향했다.

그곳에는 일단의 무리들이 그를 기다리고 있었는데, 이
들은 대륙 각지에서 활약하던 조직의 정예들이었다. 이번
임무를 위해 그들을 불러들인 것이다.

하나같이 익스퍼트를 넘어가는 실력자들이 두 자릿수도

아닌, 세 자릿수나 눈앞에 도열하고 있었다.

놀라운 건, 이들이 전부가 아니라는 점이었다. 아직도 조직의 요원들은 모여들고 있었고, 그들 역시도 익스퍼트에 올라선 실력자들이었다.

만족스레 고개를 끄덕인 자리에서 벗어나 밖으로 향했다. 외부에 나오자마자 눈에 들어오는 게 있었다.

사자의 탑!

수도 어디에서도 확인할 수 있는 건축물이 보였다.

'브라만 대공….'

그를 향해 내딛는 본격적인 첫 걸음이 드디어 시작되려 하고 있었다.

◈

전투가 이어질수록 차가운 이성이 머리를 뒤덮으면서, 활화산 같던 분노는 빠르게 그 열기를 식혀가고 있었다.

'이럴… 수가 있나?'

위대한 존재로부터 이어져 온 위대한 마법을 펼쳐내고 있건만, 상대에게는 그 모든 게 의미가 없었다.

애초에 마법이라는 걸 제대로 쓰게 해 주지도 않았다.

블링크!

공간이동 마법을 어찌 파악하고 쫓아오는 것인지, 이동이 끝난 위치에 이미 권격이 들어오고 있었다. 가까스로 피해냈다 싶어도 똑같은 상황들만 연달아 이어질 뿐이었다.

카운터를 노리며 블링크가 아닌 실드 마법을 펼친 채, 공격을 감행해 보기도 했다.

하지만 마치 전설 속 마왕의 갑주라도 입은 것인지, 맨몸으로 마법을 버텨내며 주먹을 쭈욱 뻗어오는 게 아닌가.

'설마 했더니, 정말로 절대방어 마법을… 종잇장처럼 찢어버릴 줄이야.'

혹시나 하는 마음에 몸을 빼낸 덕분에, 안면으로 들어오는 직격은 피할 수 있었다.

'기다렸어야 하는 것을….'

뒤늦게 후회가 밀려들었다. 혈통에 대한 자부심? 그런 건 이미 절대방어 마법과 함께 찢겨져 날아가 버렸다.

'괴물!'

눈앞의 존재는 그야말로 규격외의 절대자였다.

'대사제의 명을 어긴 대가인가.'

입맛이 썼다. 슬쩍 혀를 굴리는데, 전투 중 입은 내상으로 진한 핏물이 혀끝에 감기는 게 느껴졌다.

'언제 오는 거냐?'

전투가 시작되고 제법 시간이 흘렀다고 여기건만, 여전히 나찬과 타눈은 나타나지 않고 있었다.

"허억… 헉, 허억…."

이미 과도한 블링크의 남발로 인해 마나 소비가 극심했고, 가끔씩 마주치는 육체적인 마찰로 인해 내상도 입은 상황이었으며, 짧은 시간 격렬한 움직임을 통해서 체력마저도 이미 한계가 가까운 상황이었다.

그나마 이렇게 잡다한 생각들을 할 수 있는 건, 갑자기 제튼이 전투를 중단시킨 까닭이었다.

혹여 저 괴물도 지친 건 아닐까?

하는 기대감이 잠시 일었으나, 저 앞에서 멀거니 그를 지켜보는 제튼의 호흡은 전투 전과 다를 바 없이 안정되어 있었다.

지쳐서 헐떡이는 그를 바라보며 제튼이 입을 열었다.

"블링크. 확실히 대단한 마법이야. 공간을 넘나드는 건… 솔직히 어릴 때는 신이라고 불리는 존재나 가능하지 않을까 하고 생각했을 정도니까."

냉정하게 판단하자면, 지금도 인간세상의 마법사들 중 공간이동 마법을 할 줄 아는 이들은 없었다.

오로지 이야기속의 환상으로써, 마법사들에게도 마법 같은 이야기였다. 뭣 모르는 어린 마음에 그리 생각했다고는 하지만, 어쨌든 한 때 신처럼 여겼던 마법이었다.

"대단한 마법이지. 확실히… 거기에 의존하고 싶은 마음을 모르는 건 아니야."

보법이라는 걷는 방법을 통해 치열한 전투 속에서 좀 더 빠르고 정확하게 생로를 찾는 방법을 깨닫게 된다. 하지만 보법이 '절대'라고 여기고 의존하는 순간, 보법은 오히려 독이 되는 법이었다.

"공간이동. 멋져. 좋단 말이야. 하지만 이동할 때나 쓰라 이거지. 게다가 전투 중에는 회피하는 방법이 아니라 반격하는 걸 먼저 생각할 줄 알아야지. 뭐… 아무래도 마법사다 보니 거리조절이 중요한 모양인데."

거기까지 말하던 제튼이 잠시 이야기를 멈추더니, 카곤의 위아래를 한 차례 훑어보며 고개를 흔들었다.

"솔직히 그 정도 육체능력을 가지고 뒷걸음질을 먼저 생각하는 거, 안 창피하나?"

드래곤의 피를 이은 덕분일까? 드래고니안의 육신은 그야말로 강철과도 같았다.

직접 저 육신을 두드려본 제튼이기에 실감하는 부분이었다.

'타고나기를 외공의 고수지.'

마검사라는 특수한 직종은 그야말로 저들 드래고니안을 위한 것이 아닐까 싶을 정도였다.

"기왕이면 좀 색다른 발상을 해 봐. 마법사라고 꼭 거리를 두는 게 정석이라는 관념을 버리라고."

카곤은 갑작스런 제튼의 가르침에 황당하고 어이가 없는 한편, 덕분에 호흡을 고르며 휴식도 취할 수 있어 다행이라고 생각했다. 게다가 동료들의 합류를 위한 시간까지 벌 수 있으니, 내심으로는 이 시간이 좀 더 이어지기는 바라고 있을 정도였다.

"그런데, 언제쯤 오는 거냐?"

문득 들려온 제튼의 질문에 카곤의 눈에 의문의 빛이 떠올랐다.

"나챤인지 뭔지 하는 놈하고 타눈인지 티눈인지 하는 놈, 두 놈이 더 오기로 했잖아."

마치 둔기에 뒤통수를 가격당하기라도 한 듯, 카곤의 눈이 풀리며 입이 떡 하니 벌어졌다. 충격으로 인해 잠시간 머리가 멍멍해진 것이다. 그런 카곤의 모습이 재밌었던지, 제튼이 입 꼬리를 올리며 물었다.

"왜? 내가 어떻게 그 사실을 알고 있는지 궁금해?"

반쯤 정신을 놓고 있던 까닭일까? 카곤은 그도 모르게 고개를 끄덕이고 있었다.

"설마, 천마재림이 공간이동만 막고 끝이었을 거라고 생각해?"

'천마재림?'

정확한 의미는 모르겠으나, 공간이동을 막았던 왜곡장

의 정체라고 여겨졌다. 동시에 그 왜곡장이 단순한 마나의 비틀림으로 끝난 게 아니라는 것 역시 깨달았다.

'말도 안 돼! 그 공간을 전부 지배했다고?'

그렇지 않고서야 통신마법의 내용을 훔쳐듣는 게 가능할 리가 없었다.

그야말로 절대영역이라는 말이 부족하지 않는 능력으로써, 그들 혈통의 주인이나 보일 수 있을 법한 경이로운 '신기'였다.

대사제의 경고가 재차 머릿속에 떠올랐다.

〈그와 마주치지 마라!〉

이제야 그 정확한 의미를 깨달았다.

'격이 달라!'

눈앞의 대적자는 위대한 존재와 같은 격을 취한 절대자라는 걸 온몸으로 깨달았다. 동시에 전신 가득 잔 떨림이 일었다.

두려움!

내내 부정하던 그 감정이 뒤늦게 봇물 터지듯 밀려들고 있는 것이다.

"아! 이제 오는 모양이네."

그리 말한 제튼이 저 멀리 허공을 향해 시선을 던지는 게 보였다. 카곤 역시 그 방향으로 고개를 돌리는데, 그의 감각에는 아무것도 걸리는 게 없었다.

순간, 그를 기만하는 것일지도 모른다는 생각도 들었으나, 이내 자신의 부족함 때문이며, 상대와의 격차로 인한 감각의 거리라고 납득했다.

'저만한 실력자가… 뭐가 아쉬워서.'

자존심이 상하기는 했으나, 하수를 상대로 기만전술까지 펼칠 이유가 없다고 여긴 것이다.

과연, 제튼의 이야기가 거짓이 아니었던 듯, 저 멀리 그의 감각에도 나챤과 타눈의 기운이 느껴졌다.

드래고니안 중에서도, 같은 틈새의 혈통끼리만이 느낄수 있는 특별한 감각이 존재하는데, 제튼은 그 틈새 일족간의 유대감마저 넘어서는 감각권을 지니고 있던 것이다.

새삼 그의 존재감이 각인되는 순간이기도 했다.

'오면 안 돼!'

그리 메시지를 보내고 싶었다. 하지만 이미 통신마법을 들킨 경험 때문일까? 선뜻 입을 떼지 못했다.

게다가 아직 남아있는 일만의 자존심, 혹은 자부심이 저들의 등장을 기다리고 있는 것일지도 몰랐다.

그 혼자가 아닌, 셋이 협공을 한다면 어떨까?

틈새에는 많은 수의 드래고니안이 존재하는데, 그 중에서도 '사도'로 선택받은 이들의 실력은 가히 압권이라 할수 있었다.

대사제에게 인정을 받았으며, '수호자'들 역시 납득한 실력이 바로 그들의 능력이었다.

이런 선택받은 자부심이 마지막 승부수를 띄워보게 만드는 것이었다.

'3대 1이라면….'

제튼을 바라보는 카곤의 두 눈 위로, 다시금 불길이 일어나고 있었다.

◈

제국 토벌군의 출정식이 있고, 얼마 안 있어 카이스테론 아카데미의 파견부대 역시 카루안 지방으로 출발했다.

아직은 학생이기에 지원부대 형식으로 가는 것이기는 했으나, 그 규모는 결코 가볍지가 않았다.

카이스테론 아카데미뿐만 아니라, 다른 수도의 많은 아카데미, 특히 귀족 아카데미의 학생들과 교사들이 다수 참가하며, 오히려 그 규모는 앞서 출발한 토벌군과 비교해도 결코 부족함이 없을 정도였다.

옛 수도의 위기!

대규모 몬스터의 침공!

그럴싸한 공을 세우기에 적당한 무대가 마련된 것이다. 귀족가의 혈통을 이어가고 싶은 이들이라면, 그 자리에 합류하려 드는 건 당연한 일이었다.

덕분에 제국 토벌군 출정식 못지않은 2차 출정식이 이뤄질 수 있었다.

워낙 대대적인 행사가 되어버려, 아카데미들은 당일 수업도 제대로 진행하지 못한 채, 출정식 준비를 도와야만 했을 정도였다.

쿠너는 당시의 기억을 되새기며 고개를 절레절레 흔들었다.

'차라리 검을 들고 전장에 뛰어드는 게 편하지.'

행사에서 사용되는 노동력은 생각 이상으로 만만치가 않아서, 기사의 단련된 육신으로도 피로감을 느끼게 할 정도였다.

'제국에 도착하고 나서 처음 한 일이 행사준비라니.'

황당한 마음에 한 차례 헛웃음을 흘린 쿠너가 슬쩍 주변을 돌아봤다.

현재 그가 있는 장소는 아카데미 교직원의 개인실로써, 그에게 할당된 장소가 아닌 다른 교사의 개인실이었다.

저 한쪽에 개인실 주인의 업무전용 책상과 이름을 적어 놓은 명패가 보였다.

브로이 플컨.

이곳 주인의 이름이었다. 동시에 아카데미에 문제없이 적응할 수 있도록 도와준 고마운 선배였다.

오늘도 저녁을 먹은 뒤, 아카데미와 관련하여 이런저런 이야기를 나누다가 이곳까지 오게 된 상황이었다. 현재, 브로이는 차가 다 떨어졌다며, 조금 구해온다는 말을 남기고 밖으로 나가있는 상황이었다.

"굳이 안 마셔도 되는데… 거참."

입맛을 다시며 멀뚱하니 방의 주인을 기다릴 뿐이었다.

"미안. 미안. 조금 오래 걸렸지."

잠시 후, 브로이가 방문을 열며 들어왔다.

"그러게요. 저는 찻잎을 따러 가신 줄 알았네요."

"하핫! 미안. 다른 교사들에게 찻잎 좀 구해오려고 했는데, 생각해보니까 대부분 몬스터 토벌에 따라갔더라고. 그래서 남아있는 개인실을 찾느라 고생 좀 했네."

그간 제법 친해진 까닭에 말은 편하게 하고 있었다.

"그래도 늦은 만큼 귀한 녀석으로 구해왔으니까. 입이 호강깨나 할 거야."

"아… 이거 참. 죄송하게도 제가 육식체질이라서, 씹는 맛이 있어야 호강했다고 느끼는데, 어쩌죠."

"어쩌긴, 여기 찻잎이라도 씹을래?"

그러며 구해온 찻잎을 통째로 내미는데, 결국 쿠너가 양팔을 들며 항복을 선언했다.

브로이가 찻물을 우리며 슬쩍 물었다.

"어때? 함께 온 아가씨와는 아직도 진전이 없어?"

제법 친해진 덕분에 이런저런 이야기들이 오갔는데, 어쩌다 보니 레이나와 관련된 내용도 흘러가 버린 상태였다. 쿠너가 쓰게 웃으며 답했다.

"뭐… 여전하죠."

아카데미까지 오는 여정동안 다시금 예전만큼의 관계를 회복하기는 했으나, 아직까지는 그 이상으로 나아가지 못했다.

그렇다고 해서 실망하거나 좌절하지는 않았다.

"이제 시작이라고 생각하고 있습니다."

특히, 고향에서와 달리, 이곳에는 애정전선 최고의 골칫거리인 제튼이 없었다. 전보다 나은 상황인 것이다.

"힘내라."

브로이가 그 말과 함께 찻잔을 건넸다. 귀한 것이라던 말이 허언은 아니었던 듯, 그 향과 빛깔이 남다른 것이 대번에 느껴졌다.

"고맙습니다."

그 말과 함께 쿠너가 가볍게 찻물을 입에 머금었다. 그리고는 눈을 동그랗게 떠야만 했다.

"이건…?"

그가 경악하는 얼굴로 브로이를 바라봤다.

"말했잖아. 귀한 거라고."

"하지만…."

이건 해도 너무했다.

"어떻게, 찻물에… 기운이?"

오러!

입에 머금고 나서야 깨달았다. 찻물에는 희미하게나마 오러가 담겨 있었다.

✦

어둠이 깊은 시각,

카이스테론 아카데미의 중심부로 일단의 무리들이 모습을 드러냈다.

그들 무리들 중에서 유난히 큰 체격을 지닌 거구의 사내가 주변을 돌아보며 입을 열었다.

"이곳에 그레이브의 깃발을 꽂는다!"

대답은 없었다.

그저, 뜨겁게 빛나는 눈빛만 보내올 뿐이었다.

✦

아루낙 마을의 하루는 언제나와 다를 게 없이 흘러갔다.

하지만 단 한 사람, 아루낙 마을 제일의 유명인사인 제튼의 하루만큼은 전과 다른 일정표로 움직이고 있었다.

평소라면 아카데미를 가는 날 외에는 농사를 지으러 가는 게 일상이었건만, 최근 들어서는 어쩐 일인지 밭에서 그의 모습을 보기가 어려웠다.

회색들판이라고 불리며 기피대상이던 불모지를 직접 개간하여 만든 밭이니만큼, 유난히 더 애착을 가지고 일을 하던 그가 아니던가.

때문에 그의 이 갑작스런 행동에 가족들 대부분이 의문을 내비쳤다.

하지만 그들 중 누구도 이 부분을 제튼에게 거론하는 이들은 없었다.

셀린!

그녀가 따로 가족들에게 이 부분에 대한 언급을 자제해주십사 하고 부탁을 한 것이다.

그토록 애지중지하는 밭에서 아무 이유도 없이 손을 뗄리가 없다고 여긴 까닭이었다. 제튼의 사회적 지위가 남다르다는 것을 알고 있고, 과거가 범상치 않다는 것 역시 예상하고 있기에, 이처럼 보이지 않는 곳에서 그가 불편하지 않게 노력하는 것이었다.

"매번 생각하는 거지만, 마누라한테 잘하게."

라바운트의 이야기에 제튼이 쓰게 웃으며 고개를 끄덕였다. 셀린과 직접적으로 대화를 나눈 건 아니었으나, 그녀의 내조로 가족들이 제튼의 행동을 방관한다는 걸 알고 있었다.

"그나저나 이번에도 꽝이었다고?"

슬쩍 화제를 전환하며 본론으로 들어가는 라바운트의 물음에 제튼이 고개를 끄덕이며 답했다.

"예. 몇 군데 장소를 흔들어 놨더니, 더욱 꼭꼭 숨어버린 느낌이네요."

"아이들은 어떻게 되었나?"

드래고니안에 대해서 묻는 거였다.

"이틀 전에 만났던 게 전부입니다."

카곤과 나챤 그리고 타눈, 이렇게 세 명의 드래고니안을 시작으로 두 차례 더 만남이 있었고, 그렇게 총 일곱의 드래고니안이 제튼의 손에 생을 마감했다.

"제 행동이 마음에 안 드십니까?"

제튼의 물음에 라바운트가 고개를 흔들었다.

"그 아이들의 선택이네. 선택에 따른 결과 역시도 인정해야겠지. 게다가 한 명은 살려 보내지 않았나."

"경고의 의미로 돌려보낸 겁니다."

드래고니안에게 보내는 최후통첩과도 같은 것이었다.

"그들이 만약 경고를 무시한다면 어떻게 할 생각인가?"

그 물음에 제튼의 눈가에 서릿발 같은 한기가 어렸다.

"대가를 받아야겠죠."

잠시간 그의 모습을 지켜보던 라바운트가 재차 물었다.

"틈새로 갈 생각인가?"

이에 제튼이 역으로 질문을 던졌다.

"그곳의 위치, 가르쳐 주실 겁니까?"

"미안하네."

일족의 비밀이며, '계'의 '금지'가 바로 틈새였다.

"그럼, 방해하실 겁니까?"

라바운트가 고개를 흔들었다.

"아닐세. 자네의 행보를 막지는 않을 생각이네. 스스로 찾아내서 그곳에 들어가는 거라면 문제될 게 없지. 자네라는 존재가 지닌 자유의지를 내가 어찌 막을 수 있겠는가."

그거면 충분했다. 제튼은 감사의 의미로 짧게 고개를 숙여보였다. 그 모습에 희미하게 미소를 지어보인 라바운트가 재차 물었다.

"그런데 꼭 찾아가야 하겠나?"

이건, 또 무슨 의미일까? 갑자기 말을 바꾸기라도 하겠다는 것일까? 제튼이 알 수 없다는 얼굴로 라바운트를 바라보는데, 그가 여전한 미소를 지닌 채 물었다.

"만약 그쪽에서 찾아오면 어찌 할 겐가?"

'찾아… 온다?'

어떠한 의도로 하는 이야기일까?

설마, 이곳 아루낙 마을이 드러났다는 의미?

'아니, 그건 아니야.'

제튼은 다른 의도가 담겨있다고 여겼다.

"설마… 저들의 통솔자가 밖으로 나온다는 말씀이십니까?"

혹시나 하는 그의 물음에 라바운트가 어깨를 으쓱였다.

"뭐, 그럴 수도 있지 않겠나."

앞뒤가 안 맞는 이야기였다.

"그들… 마룡으로 낙인찍힌 죄수들은 그곳을 나오지 못한다고 했던 걸로 기억합니다만."

라바운트가 고개를 끄덕였다.

"뭐… 그렇지. 그들이 세상에 나오는 순간, 내게 들킬 테니까."

물론, 그들의 위치를 일일이 파악하는 건 어려웠다. 하지만 그들이 틈새를 벗어나 중간계에 발을 들였다는 것 정도는 알 수 있었다.

드래곤 로드!

그는 일족의 모든 생사여부를 파악할 수 있는 '권한'이 있었다. 유일하게 그의 권한에서 벗어나는 장소, 그곳이 바로 틈새의 공간이었다.

"하지만… 데카르단 그 친구라면, 또 모르지."

라바운트과 비슷한 연배를 산 고룡으로써, 일족 내에서도 최고수준의 실력자이기도 했다.

'그 비틀린 욕망만 아니었다면 로드의 자리는 그에게로 갔겠지.'

로드의 권한이 아닌, 순수한 실력으로써 그와 겨룬다면?

'필패겠지!'

이 정도로 인정하는 게 바로 데카르단의 능력이었다. 분명, 라바운트의 이목을 속이는 방법이 한두 가지 정도는 있을 거라 여겼다.

"혹시라도, 그 친구가 직접 자네를 찾아온다면 어떻게 하겠나?"

제튼이 예의 그 싸늘한 눈빛을 내비치며 말했다.

"경고를 무시한 대가를 치러야겠죠."

그 말에 라바운트가 쓰게 웃으며 고개를 끄덕였다.

로드대행이라는 명목으로 벨로아를 자리에 앉혀놓은 채, 갑작스레 세상으로 나온 이유는 분명 여러 가지가 있었다.

하지만 그 중에서도 손에 꼽히는 이유를 굳이 언급하자면, 지금 이야기되는 부분에 있었다.

'…데카르단.'

제튼과 드래고니안의 마찰을 듣게 된 뒤, 언제고 데카르단과 제튼이 마주하게 될 날이 올 거라고 '예감' 했다.

로드에게 부여된 일종의 권능과 같은 것으로써, '예지'

293

의 범위에 있다고 할 수 있는 능력으로, 그 둘의 미래를 엿
본 것이다.

그가 이곳에 있는 이유?

제튼과 데카르단의 만남.

그 둘의 만남을 지켜보기 위함이었다.

'만약의 사태를 대비해야겠지.'

쓰게 웃는 그의 시선이 하늘로 올라갔다. 그믐달이 뜬
듯, 오늘따라 유난히 흐릿한 달빛에 어둠으로 짙은 하늘이
보였다.

◈

갑작스럽다고 해야 할까?

쿠너는 브로이를 통해 들은 놀라운 이야기에 정신을 차
리기가 어려웠다.

"그러니까… 이 찻물이 오러를 쌓게 해준다는 그 비약
이라 이겁니까?"

브로이가 이야기했던 것 이상으로 귀한 찻잎이었다.

"찻잎만 가지고는 이런 효과가 안 나오지."

그러면서 찻물을 우려낸 물을 보여주는데, 확실히 투명
해야 할 일반적인 물에 비해서 색이 흐렸다.

"약물입니까?"

"그렇지. 둘 다 특수하게 만들어진 거라서, 구하기가 어려워."

당연히 그럴 거라고 여겼다. 오러의 비약을 어찌 쉽게 구하겠는가. 쿠너 역시 이야기로만 들어 본 것으로써, 정말 그런 게 있을까? 하는 의문을 지녔을 만큼, 일종의 환상 같은 약이었다.

"게다가 그 잔."

찻잔에도 특별한 장치가 되어 있었다.

"밑바닥을 살펴 봐."

그 말에 잔을 높여 밑을 살피니, 이게 웬일? 한 눈에 봐도 빼곡하다 싶은 문자와 도형들이 그 작은 공간에 가득 담겨 있었다.

보는 것만으로도 머리가 아픈 것이, 딱 봐도 마법진으로 여겨졌다.

"약초와 약물이 잔에 담겨 오러를 형성하는 순간 그 기운이 날아가는데, 그걸 잡아두는 마법진이지."

마스터에 이른 쿠너가 찻물을 입에 담기 전까지 그 기운을 느끼지 못한 이유이기도 했다. 이렇게 세 가지 조합이 이뤄져야 완성되게 잔에 담긴 비약이었다.

"그런데… 어째서 이걸 저에게?"

이해할 수 없는 일이었다. 요 며칠간 제법 친해졌다고는 하나, 이런 귀한 약물을 대접할 정도로 깊은 관계는 아니라고 여겼기에, 그의 의문은 당연한 것이었다.

"궁금해서."

무엇이 궁금한 것일까?

"자네는 이걸 마시며 무엇을 느꼈나?"

뜬금없는 브로이의 물음에 쿠너는 질문의 요지를 파악하고자 고심해야만 했다.

그러다가 찻잔으로 시선이 넘어갔다. 고개를 갸웃거리던 그가 찻물을 재차 입에 머금었고, 목 뒤로 넘겼다.

그리고 다시 고개를 갸웃거린 뒤, 또 다시 잔을 삼킨다. 한 모금, 두 모금, 어느새 한 잔을 전부 마신 그가 가만히 눈을 감고 생각에 잠겨들었다.

침묵은 생각보다 길었으나, 브로이는 조용히 기다렸다. 그리고 잠시 후, 쿠너의 눈이 떠지며 미간에 한 줄기 골이 패였다.

"이건… 위험하군요."

동시에 경계의 눈빛을 브로이에게 보내온다. 예상하고 있던 상황인지라 브로이는 깊이 고개를 숙여야만 했다.

"자네를 시험한 점, 그리고 자네에게 좋지 못한 경험을 하게 한 점, 깊이 사과하겠네."

그 정중한 태도에 잠시 말문을 닫고 지켜보던 쿠너가 할 수 없다는 듯, 미간의 주름을 지워내며 질문을 던졌다.

"어째서 이걸 저에게 먹인 겁니까?"

"알기 위해서였네."

이해할 수 없다는 쿠너의 모습에 브로이가 재차 물었다.

"자네는 이걸 마시며 무얼 느꼈나?"

앞서 나왔던 질문이 재차 이어졌다. 이에 쿠너가 못마땅하다는 듯, 재차 눈살을 찌푸리며 답했다.

"이건 독입니다."

그 대답에 브로이의 눈이 빛났다.

"어째서 그리 생각하나?"

이어지는 물음에 쿠너가 찻잔을 손에 쥐며 말했다.

"언뜻, 오러의 비약처럼 여겨지지만, 이 안에 담긴 건 너무 탁합니다. 하도 희미한 양이라서 어지간한 감각을 지니지 않고서는 제대로 파악하지도 못할 겁니다."

"만약, 그 약물로 오러를 키운다면 어떻게 될 것 같나?"

"…폐인이 되겠지요."

원하던 대답이었다. 브로이의 입가에 씁쓸한 미소가 그려졌다. 그 미소에 담긴 의미를 읽은 것일까? 쿠너가 눈을 얇게 뜨며 물었다.

"혹시, 희생자가 있습니까?"

브로이가 고개를 끄덕이며 답했다.

"있다네. 많이 있지."

최초의 기사라고 불리는 그의 동료들이 떠올랐다.

'좀 더 그들에게 관심을 가졌어야 하는 것인데.'

제튼과의 만남을 통해, 다시금 옛 동료들을 찾아다녔다.
그런데 이게 웬일?

얼마 남지 않은 초창기 멤버들이건만, 그 얼마 안 되는
이들도 대부분 폐인이 되어가고 있었다. 성장하지 못한다
는 좌절감에 정신적으로 풀어진 게 아닌, 순수하게 육체적
으로 무너지고 있던 것이다.

이유가 뭘까?

급한 대로 조사가 진행됐다.

그러다 발견한 것이 눈앞에 있는 비약이었다.

"하나만 더 묻겠네."

이 질문이 중요했다.

"자네는… 이로 인해 폐인이 된 이들을 치료할 수 있겠
나?"

당혹스러운 질문이었다. 동시에 의문도 들었다.

'어째서?'

이 심각한 이야기를 그에게 하는 것일까?

"마치… 저라면 치료할 수 있다고 여기시는 군요."

쿠너의 물음에 브로이가 고개를 끄덕였다.

"이유를 알 수 있겠습니까?"

"그건… 자네 스승님이 그리 말했기 때문이지."

이건, 또 무슨 소리인가?

"스승님이라면… 설마, 제튼 선생님을 말씀하시는 겁

니까?"

브로이가 고개를 끄덕이며 대답했다.

"한 때, 그분의 밑에서 일을 했다네."

연달아 이어지는 충격적인 이야기에 쿠너는 제정신을 차릴 수가 없었다.

"그분이 말씀하시기를, 자네라면 가능하다고 했네."

제튼에게 동료들의 상황을 전했을 때, 그의 반응은 실로 황당했다.

〈차라리 잘 됐네.〉

옳다구나 하며 박수를 치는 게 아닌가.

〈쿠너 그 녀석이라면, 충분히 치료할 수 있을 테니까. 너희 꼴통들의 마음을 얻기가 쉽겠어.〉

어째서 그리 확신하느냐 물었다. 그러자 제튼이 대답하기를,

"자네가 지닌 순정한 기운이라면, 어떠한 삿된 것도 침범하지 못한다고 했네."

뜨겁게 빛나는 눈빛으로 브로이가 물었다.

"치료할 수 있겠나?"

쿠너가 너무도 부담스러운 그 눈빛에, 선뜻 대답하지 못한 채 머뭇거리고 있을 때였다.

콰아아앙!

저 멀리서 아찔할 정도의 폭음이 울려 퍼지는 게 아닌가.

둘의 시선이 동시에 돌아갔다. 그러며 약속이나 한 듯,
창가로 달려가 사건의 진원지를 확인했다.

'기숙사!'

그것도 교직원이 아닌, 아카데미 학생들이 머무는 장소
였다.

둘의 신형이 동시에 창밖으로 뛰쳐나갔다.

◈

최초 계획은 남자 기숙사를 먼저 점령하는 것이었다. 그
도 그럴게 귀족들을 협박 혹은 압박하기 위한다는 목적에
부합하려면, 가문의 후계자들을 노리는 게 정답이기 때문
이었다.

하지만 그레이브는 최초의 계획에 약간의 변화를 주기
로 했다.

여학생 기숙사 공략!

이유는 당연하게도 더 가치가 있는 인질이 그쪽에 있기
때문이었다.

모네카 라비에라!

이곳 칼레이드 제국과 국경을 맞닿고 있는 알톤 왕국의
실세인 라비에라 공작의 금지옥엽이었다.

그녀를 노리는 이유 역시도 간단했다.

라비에라 공작이 그레이브의 뜻에 반대하기 때문이었다. 물론, 그레이브가 전면에 나선 적이 없기에 그들을 반대하는 건 아니었다. 대신 그들이 지원하는 귀족과 대립각을 세우고 있는 상황이기는 했다.

특히, 후계자가 없는 라비에라 공작의 위치를 생각해본다면, 더더욱 모네카의 존재는 특별할 수밖에 없었다.

게다가 그녀 외에도 중요한 영애들이 여럿 존재했기에, 여자기숙사를 우선순위에 둔 것이다.

물론, 그렇다고 해서 남자 기숙사를 방치한다는 의미는 아니었다. 단지, 그레이브의 전력을 나누되, 여자기숙사 쪽으로 좀 더 편성하였고, 이동 경로를 여자기숙사가 먼저 도달하게 설정했을 뿐이었다.

저 멀리 목적지가 시야에 들어올 즈음,

"멈춰라!"

그들의 앞을 막아서는 무리가 있었다.

왼 가슴에 새겨진 검은 표범의 형상으로 그들의 정체를 짐작할 수 있었다.

흑표 기사단!

카이스테론 아카데미의 수호대라 불리는 이들이었다. 하나같이 익스퍼트를 넘어선 실력급의 기사들로 이뤄진, 정예중의 정예들이었다.

"정체를 밝혀라!"

흑표 기사단의 성난 외침에, 최전방을 달리던 거구의 사내가 이를 드러내며 웃더니, 흑표 기사단을 향해 전력으로 몸을 내던졌다.

"그레이브."

짧은 한마디의 대답과 함께,

화아악!

그의 신형이 하얗게 빛을 뿜어냈다.

갑작스런 빛의 발현에, 묵직하니 자리를 지키던 흑표 기사단의 동공이 커졌다.

콰아아앙!

한 줄기 유성이 아카데미의 중앙에 떨어졌다.

◆

폭음이 일어나는 순간 케빈의 눈이 번쩍 떠졌다. 워낙 강렬한 기운의 파동인지라, 눈을 뜨자마자 위치를 파악할 수 있었다.

그와 동시에 잠이 확 달아났다.

'여자 기숙사!'

아카데미 내에는 많은 수의 기숙사가 있었고, 여자 기숙사 역시 그 수가 제법 됐다. 그렇게 많은 수의 기숙사 중에서, 하필이면 메리가 있는 방향에서 폭음이 일어난 것이다.

"으음… 무슨 소리야?"

"뭐야?"

같은 방을 쓰는 동기들이 뒤늦게 일어났을 때, 이미 케빈은 방에서 자취를 감춘 뒤였다.

◈

잠자리 바로 옆에서 요란스런 폭음이 울린 만큼, 제 3 여자기숙사의 학생들 중 눈을 뜨지 않은 학생이 없었다.

특히, 기사학부 전용 기숙사이다 보니, 전 학생이 눈을 떴다고 해도 과언이 아니었다.

그리고 이런 학생들 중에는 메리도 포함되어 있었다.

오싹!

사실, 그녀는 폭음에 깬 것이 아닌, 그 순간 피어났던 소름끼치는 기세에 눈을 떴다고 봐야 했다.

'누구지?'

이 정도로 어마어마한 기세를 지닌 존재가 바로 지근거리에 있었다. 게다가 더욱 문제가 되는 건, 기운에서 느껴지는 적대적인 감각이었다.

단번에 문제가 발생했다는 걸 느끼게 만드는 기운이었다. 그녀와 달리, 다른 동기들은 폭음에 놀라서 깬 듯, 약간은 짜증 섞인 표정으로 여전히 침대에 몸을 비비고 있었다.

설마하니 이곳에 누군가가 침입했고, 사건이 발생했을 거라고 여기기에는 이곳의 위치가 너무 치명적이었다.

제국 명문 카이스테론 아카데미!

수도의 담장을 넘고 제국의 경비를 피해, 아카데미의 담을 넘는 등, 수많은 장애물들이 있었다. 당연하게도 조금 전의 폭발에 놀라 잠은 깼을지언정, 거기에 신경을 쓸 만한 이들은 아직 없었다.

잠시 그녀들을 바라보며 고민하던 메리가 급히 그녀들을 깨웠다.

"일어나. 누워있을 때가 아니야."

당연하게도 동기생들의 반응이 좋을 리가 없었다.

"왜? 아직 새벽이야."

"좀만 더 잘게."

"5분만요. 음냐음냐…."

상황파악이 안 된 아이들을 깨운다는 게 쉬울 리가 없었는데, 다행이라고 해야 할까?

콰아앙!

재차 폭음이 일어나며, 주변을 시끄럽게 만들었다.

쿠르르릉!

게다가 단발적인 것도 아니었다. 연달이 터져 나오는 소란스러운 소리에 아이들도 결국에는 상황을 인지해야만 했다.

"뭐야?"

"어떻게 된 거야?"

"지진인가?"

당황한 듯, 화들짝 놀란 얼굴로 침대에서 일어난 아이들이, 서로를 바라보며 어찌할 바를 몰라 하는 모습이 보였다.

제국 명문이라는 카이스테론 아카데미에 발을 들였다고는 하나, 결국 이들이 학생이라는 사실을 이 순간 실감해야만 했다.

이런 와중에 유일하게 제정신을 유지하는 학생은 메리뿐이었다.

'조금 전, 그 느낌이라면… 아무래도 쿠너 오빠 정도는 될 것 같은데.'

성장과정에 이미 뛰어난 실력자들과 함께했던 덕분일까? 남다른 침착함을 보여주고 있었다.

미지의 적이 보여준 기세에 놀라기는 했으나, 그녀가 인지할 수 있는 한정범위 안에 들어있었다.

'아빠하고 비교한다면야.'

제튼을 떠올리는 순간, 한층 마음이 가벼워졌다.

"진정해!"

그녀가 동기들을 돌아보며 외쳤다. 그 순간 세 쌍의 눈이 그녀에게로 쏟아졌다. 불안감에 흔들리는 그녀들의 눈빛을 마주하며 짧게 한마디를 던졌다.

"우리는 기사다!"

그 내용은 짧았으나 의미는 깊었다.

불안감에 떨던 동공이 점차 제자리를 찾아갔고, 긴장감으로 굳어버렸던 얼굴에 빛이 돌아왔으며, 움츠러들었던 어깨가 펴졌다.

그렇게 떨림이 멎었다!

"에~이. 아직 기사는 아니지."

"그러게. 뭐, 결국에는 기사가 될 거지만!"

"예비 기사도 기사로 쳐 주자. 우리."

아직 조금은 어색한 분위기가 남아있었으나, 애써 농담을 던져가며 불안감의 잔재를 털어내는 모습에서, 이미 제정신을 차렸다는 걸 알 수 있었다.

"누굴까?"

동기들 중 가장 나이가 많은 '이레나'가 모두가 궁금해하는 부분을 콕 집어서 입에 올렸다.

"지금부터 알아 봐야지."

메리의 호기로운 이야기에 다시금 불안감이 일렁거렸으나, 이내 그들의 각오를 되새겼다.

〈우리는 기사다!〉

언젠가는 검작공 같은 여기사가 되기를 꿈꾸는 소녀들이 한 마음 한 뜻으로 방문을 열고 나섰다.

전신을 둘러싼 저 찬란한 빛의 물결을 보고 있노라면 절로 위축되는 기분이 들었다.

그도 그렇게 저 빛의 정체가 별들의 전유물이라는 마스터의 강화된 오러라는 걸 알기 때문이었다.

'누구지?'

흑표 기사단의 머릿속에 공통적으로 떠오르는 생각이었다. 그들이 알고 있는 대륙의 별 중에는 저런 인물이 없기 때문에, 더욱 머리가 아팠다.

새로운 별의 등장이라고 짐작했다.

'하지만, 어째서?'

이곳 카이스테론 아카데미를 습격한 것일까?

상황을 이해하고자 잠시라도 대화를 나누고 싶은 마음이었으나, 안타깝게도 거구사내는 숨도 제대로 못 쉴 만큼 거칠게 몰아붙이고 있었다.

콰콰콰콰!

마치 대마법사가 고위마법을 펼친 것 마냥, 무시무시한 폭발성과 함께 저 한편의 담벼락이 무너져 내리는 게 보였다. 그 주변으로 너부러진 흑표 기사단의 모습들 역시 눈에 박혔다.

'막을 수 없다!'

흑표 기사단의 제 2조장인 '타푸한'은 지금의 전력으로는 상대가 불가능하다는 걸 깨달았다.

'아니… 기사단이 전부 와도 막을 수 있을까?'

상대는 그 정도로 어마어마한 실력자였다.

특히, 전신을 갑옷처럼 두르고 있는 저 어마어마한 오러아머를 보라. 마스터의 전유물이라는 강화 오러를 저리 넓게 퍼트린 채, 전투를 이끌어나가는 모습은 실로 경이로울 정도였다.

'대체… 저자는 오러량이 얼마나 되기에.'

유일하게 들은 한마디의 대답이 떠올랐다.

〈그레이브.〉

이름? 아니면 조직명? 칭호? 다양한 생각들에 머리가 복잡해졌다. 그리 되자 자연스레 몸이 굼떠지는데, 이를 느낀 그가 다급히 고개를 흔들며 정신을 다잡았다.

그렇게 호흡을 가다듬던 찰나의 순간, 어느새 거구사내의 주먹이 코앞에 다다라 있었다.

'젠장!'

이를 악 물며 몸을 비틀었다.

빠각!

"크흡!"

피했다고 여겼다. 하지만 아슬아슬하게 어깨를 스쳤고, 그 옅은 타격으로 오른쪽 어깨가 박살나버렸다.

'미친!'

존재자체가 사기 같았다.

'이… 무슨 말도 안 되는 괴력이.'

고통에 안면을 구기면서도 움직임을 멈추지는 않았다. 재차 주먹이 날아들고 있던 까닭이었다.

'빌어먹을!'

다급히 몸을 빼내는 그의 머릿속으로 드는 생각은 하나뿐이었다.

'지원은 언제 오는 거야?'

그러나,

안타깝게도 그가 정신을 잃는 그 순간까지, 기사단의 지원은 오지 않았다. 아니, 올 수 없었다.

이미 다른 장소에서도 치열한 전투가 벌어지고 있기 때문이었다.

카이스테론 아카데미의 곳곳에서 불길이 타오르고 있었다.

❖

알톤 왕국의 실세라고 불리는 라비에라 공작가의 영애인 모네카 라비에라에게는 세 명의 호위가 있었다.

미레이, 아리, 로이날.

제국으로 유학을 간다는 모네카의 고집에, 라비에라 공작이 반강제로 딸려 보낸 여기사들이었다.

이미 기사 자격증을 취득한 여인들로써, 그들 셋 모두 라비에라 공작이 심혈을 기울여 키운 실력자들이었다.

하나같이 나이가 제법 있었으나, 타 아카데미 졸업생들의 입학이 흔한 카이스테론 아카데미의 특성 덕분에, 그녀들이 크게 튀는 연령대가 아니었다.

사실, 그녀들 외에도 모네카를 위한 여기사들은 더 있었는데, 이곳 아카데미에 따라온 건 이들 세 명뿐이었다. 네 명에서 한 방을 쓰는 기숙사의 조건에 맞춰, 인원수를 배려한 것이었다.

그 이상의 숫자는 모네카도 받지 않겠다는 고집도 한 몫 단단히 했다.

세 명이 같은 방을 쓸 수 있던 건, 아카데미 측과의 은밀한 면담을 가져서 만들어낸 상황이었다.

그렇게 모네카를 호위하는 세 명의 여기사들은 폭음을 듣자마자 사건이 발생했다는 걸 깨달았다.

"안전한 곳으로 피해야 할 것 같습니다."

일행들 중에서 최 연장자인 미레이가 내놓은 제안에 모네카는 흔쾌히 그 뜻을 따랐다.

이제 겨우 기사가 되기 위한 길에 들어선 그녀보다, 이

310 · 졸업 7

미 기사의 자격을 얻고, 실전도 경험한 적이 있는 미레이의 상황판단이 더 나을 것이라 여긴 까닭이었다.

그리고는 즉시 뒷문을 통해 바깥으로 향했다.

가까운 곳에 있는 붉은 기사단의 숙소 쪽으로 방향을 잡고 움직였다. 하지만 기숙사를 벗어나기가 무섭게 그녀들의 발길을 붙잡는 존재들이 있었다.

검은 복면에 흑의로 전신을 위장한 일단의 무리들이었는데, 실전 경험이 많은 미레이는 마주하는 순간 저들의 능력이 범상치 않다는 걸 깨달았다.

"모네카 라비에라?"

문득, 상대의 입에서 나와서는 안 될 이름이 튀어나왔다. 동시에 경계심이 극한까지 올라갔다.

'적이다!'

세 여인이 긴장된 얼굴로 검을 잡았다. 모네카 역시 부족한 실력이나마 보태고자 이미 검을 뽑아들고 있었다.

"얌전히 따라오면, 험한 꼴은 안 봐도 될 거다."

흑의인들 중, 가장 전방에 서 있던 사내가 눈을 번뜩이며 말을 건네 오는데, 미레이는 오랜 경험으로 상대의 눈빛을 읽어버렸다.

'짐승!'

상대는 '수컷'의 눈으로 그들을, 그들의 주인을 바라보고 있었다.

'하필이면….'

이를 악 물며 검을 뽑아드는데, 그 모습에 전방의 흑의인이 실실 웃으며 말했다.

"반항이라… 아깝네. 시간만 많으면 잘 길들여줄 수 있었… 컥!"

채 말을 끝내지 못한 채, 흑의인의 목에서 피가 솟구쳤다.

'무슨… 일이?'

눈을 휘둥그레 뜨고 있는데, 더욱 놀라운 상황은 그 뒤에 벌어졌다.

파파파팍!

거짓말처럼 나머지 흑의인들도 목에서 핏물을 쏟아내며 무너지는 게 아닌가.

너무도 충격적인 장면 속에서, 그가 나타났다.

그는 마치…

어둠의 주최자 같은 모습으로 피의 바다 한가운데에 외로이 표류하고 있었다.

가장 앞에 쓰러진 사내를 차갑게 내려다보던 그가, 유령처럼 발길을 돌렸다. 순식간에 멀어져가는 그 모습에 번뜩 정신을 차린 모네카가 외쳤다.

"고맙습니다!"

이에 사내가 슬쩍 그녀를 돌아보며 시선을 맞춰왔다. 그러더니 작게 고개를 끄덕이며 다시금 걸음을 내딛는다.

무언가 아쉬움이 남았을까? 모네카가 재차 외쳐 물었다.

"성함을 알 수 있을까요?"

들을 수 있을 것이란 생각으로 물은 건 아니었다. 하지만 의외로 사내는 답을 해 줬다.

[⋯4호.]

조금 독특한 방식으로 괴상한 이름을 알려줬을 뿐이나, 모네카의 뇌리에는 인상적으로 박혀드는 한마디였다.

'사호님⋯.'

순식간에 모네카와 거리를 벌린 사내가 안색을 굳히며 자신의 손을 내려다봤다.

'결국⋯ 피를 묻혔군.'

나설 생각이 아니었으나, 우연찮게 흑의인이 하는 이야기를 들어버렸다.

〈모네카 라비에라?〉

다른 건 몰라도 '라비에라'의 성은 알고 있었다.

'얼마 없는 백성을 위하는 귀족.'

때문에 움직였다.

'라비에라 공작이 복수심에 미쳐서는 안 되니까.'

그랬다가는 그가 사는 고향도 함께 미쳐버릴 확률이 높았다.

다른 이유로 찾았던 아카데미건만, 본의 아니게 사건에 말려들어 버렸다.

'…어느 정도는 각오하고 왔던 길이니.'

암살왕.

또는, 마졸 4호라 불리던 사내가 카이스테론의 어둠속으로 조용히 녹아들었다.

〈8권에서 계속〉

#6. 외전

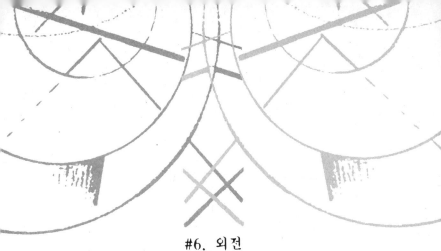

#6. 외전

첫 만남에 확신했다.

이놈 난놈이다!

어떻게 저 치열한 전장 속에서 살아나올 수 있었을까?

시체만이 그득한 장소에서 마지막까지 버티고 버티다 죽음의 향이 깊게 피어오를 때, 홀로 죽음을 파헤치며 일어난다.

더욱 재미있는 건, 중간에 잠까지 잤다는 점이었다.

이 부분이 제법 흥미로웠다.

그래서 대뜸 잡아다가 호통을 쳤다.

"비겁한 놈. 전장에서 시체 사이로 숨어 다니기나 하다니. 네놈은 칼을 들 자격이 없다."

이에 대한 녀석의 답변은 너무 생뚱맞았다.

"복수를 해야 합니다."

이미 능력을 보였기 때문일까? 녀석은 갑작스런 행패에도 정중히 대답했다.

"그게 네놈의 비겁함과 무슨 상관이냐?"

"죽으면 복수를 할 수 없습니다."

때문에 살기 위해서 시체 속을 기었고, 땅 속에 몸을 묻었으며 핏물에 고개를 박았다고 했다.

재밌었다. 특히, 삶을 갈구하면서도 죽음에 깊이 닿아있는 저 눈빛이 더욱 흥미로웠다.

"나이가 좀 있는 게 아쉽기는 한데…."

아주 약간의 고민이 이어졌다. 하지만 그 정도는 문제될 게 아니었다.

'육체적으로도… 좀 딸리고.'

이 역시 문제 될 건 없었다.

'애송이 녀석보다는 괜찮으니까.'

[내가 뭘?]

잡음이 끼어들었으나 무시했다.

"제법 웃기는 놈이니까. 이놈으로 낙찰!"

그리고 녀석을 데려다가 가르쳤다. 많은 걸 가르칠 필요는 없었다. 딱 필요한 순간, 필요한 만큼만 손을 쓰는 걸 가르쳤다. 또한 조금 더 숨을 죽이는 방법을 체득하게 만들었고, 볼 줄 아는 눈을 키우게 했다.

'인내력?'

그런 건 이미 타고난 놈이었다. 신체적인 재능이 부족한 대신, 이런 특수 분야에 남다른 재능이 있었다.

어느 정도 성과가 나왔다고 여길 즈음, 녀석에게 말했다.

"가라. 그리고 네놈이 원하던 걸 이뤄라."

바라던 거라면 하나뿐이리라.

복수!

녀석이 물었다.

"가능…하겠습니까?"

질문으로 답했다.

"너를 못 믿겠냐?"

녀석의 대답은 없었다. 그래서 재차 물었다.

"나는 믿을 수 있겠지?"

이번에도 역시 대답은 없었다.

"큭! 건방진 놈."

녀석의 뒤통수를 억세게 두들기며 말했다.

"가라!"

그리고, 녀석은 그토록 바래왔던 복수를 이뤘다. 오랜 여정의 끝에 허무를 깨달은 녀석에게 활짝 웃으며 말했다.

"값을 치렀으면, 일을 해야지."

그렇게 씨익 웃고 있으니 건방진 소리가 들려왔다.

[별로 가르친 것도 없으면서.]

이 육신의 주인이랄 수 있는 풋내 나는 애송이의 건방진 소리에 웃으며 답해 줬다.

"이런 걸, 최소 비용으로 최대의 효과를 얻는다고 하는 거다. 상술마저도 이리 뛰어나다니, 아… 나는 왜 이렇게 잘났는지 몰라!"

[우웩!]

어디선가 오바이트 소리가 들려왔다.

밤의 주인이라고 불리는 암살왕!

마졸 4호의 탄생을 시작으로, 본격적인 마졸 육성이 시작되었다.

이 때에 탄생된 마졸들이 무려 네 명으로써, 마졸 8호가 완성되던 순간, 본격적인 제국전쟁의 불씨가 타올랐다.

이후 전쟁이 끝나던 무렵, 아홉 번째 마졸이 탄생되었는데, 안타깝게도 마지막 마졸은 제국 전쟁에 제대로 쓰인 적은 없었다. 여러 가지 이유가 있었는데, 그 중 가장 우선시되는 이유는 이것이었다.

"저놈 체력이 저질이라서, 전쟁은 무리야."

'무기력자' 라 명명된 마지막 마졸이 완성될 즈음, 결국 전쟁이 끝났고, 대륙에는 절대적 권력을 가진 제국이 탄생되었다.

그리고 이날,

마졸들은 각자의 미래를 위해 길을 떠났다.